Adelio Morales Vaquez

La serpe
e
l'acqua benedetta

La serpe e l'acqua benedetta
Copyright © 2023
Adelio Morales Vaquez

Tutti i diritti letterari di quest'opera sono di esclusiva proprietà dell'autore.
Qualsiasi distribuzione o fruizione non autorizzata costituisce violazione dei diritti dell'editore e dell'autore e sarà sanzionata civilmente e penalmente secondo quanto previsto dalla legge 633/1941.

Anteprima

È la notte di mercoledì ventidue giugno del 1983, su una montagna di rifiuti, un sacco nero riflette, a piccoli intervalli, la luce di una luna piena particolarmente radiosa.
Questa luna accattivante, nonostante la sua efferata determinazione, a fatica riesce a divincolarsi dalle nuvole insidiose, che continuano a dominarla, occultando quel suo splendore, carico di vita e di speranza.
All'improvviso, una pioggia battente, alquanto irruente, contribuisce ad alimentare ulteriormente quell'atmosfera funerea, mobilitando gli spiriti della notte a danzare, come in un rito tribale, intorno a quello strano involucro nero luccicante.
Perché mai, queste presenze nefaste, come predatori, attorniano quell'ammasso avvolto dalla plastica? Attendono forse qualche spirito innocente, per trascinarlo nel loro mondo tenebroso?
Essi, come dei segugi, avvertono anticipatamente il fetore della morte. Sono estremamente impazienti! Attendono con ansia che la vita, dentro quel sacco nero, emetta l'ultimo respiro.
Emanuela giace in quell'involucro nero in coma, in uno

stato estremamente pietoso: il suo capo rivolto verso il basso, contribuisce al sangue, seppur lentamente, di defluire, impiastricciando ulteriormente i suoi folti capelli neri, per poi fuoriuscire da una delle fessure prodotte sicuramente di proposito, con una lama di un coltello, ancor prima di essere gettata, come fosse spazzatura.

Perché lasciare un'apertura a quel sacco? A che proposito? Una cosa è certa: quella strana fessura, permette a Emanuela di respirare. Però costituisce pure una vera breccia per i ratti, allettati ovviamente dal sangue fresco, di cui si dilettano ad assaporarne il calore.

Inutile dirlo, trattasi di una scena davvero raccapricciante, in cui veramente il tempo gioca un ruolo determinante a quella vita.

In questo scenario oltremodo orripilante, ora l'unica speranza è data dalla tenacia della luna, che cerca, in tutti i modi, di mitigare l'atmosfera mesta preesistente. Anzi no! Si spinge ben oltre: come una torcia accesa, approfitta di un esiguo varco fra le nuvole, per continuarle ad iniettare a Emanuela un'ulteriore dose di vita. È ovvio! Essa è certa di prospettare per lei un'ancora di salvezza definitiva.

Emanuela riuscirà veramente a salvarsi?

Per quale motivo, il suo amaro destino ha permesso che venisse rinchiusa, dentro quel sacco nero della spazzatura,

*tenuta in vita da una fessura che le permette di respirare? Ovviamente colui che, con una lama, ha prodotto quel taglio a quel sacco, voleva che vivesse.
Ma chi è stato e perché?*

Prima parte

1967

Capitolo 1

... È inutile dirlo, Maria, come fosse un pasto prelibato, sta per essere inghiottita da quella mania proibita di Don Pietro, che non sembra per niente arretrare di un solo passo.
Come ho già anticipato, lei è una donna affascinante ed è questo il suo guaio: il suo sex-appeal è paragonabile ad una tempesta convulsiva, per quelle manie sessuali di chi non le toglie mai gli occhi di dosso, il quale, divorato da questa sua morbosità ossessiva, come al solito, non ha più nessun appiglio, su cui aggrapparsi, per riemergere da questo pantano disdicevole...

È il dodici marzo 1967, nella canonica della parrocchia di Sant'Anna in Vaticano, Maria, una signora sulla trentina, sta conversando, davanti ad un bicchiere di vino, con Padre Davide Falcioni, parroco dal 1961.
Lei sembra particolarmente euforica, le sue labbra non trattengono quel suo sorriso sgargiante, contornato da una certa ironia ammaliatrice, che, a causa di quel suo sex appeal di donna raffinata ed elegante, non passa mai inosservata agli ecclesiastici.

Padre Davide le sta solo proponendo un lavoro di collaboratrice domestica di poche ore, ben retribuito, che non la distolga tanto dagli impegni familiari. La prestazione sarebbe da svolgersi presso l'appartamento di Don Pietro Vergari, un ecclesiastico addetto alla Segreteria del Concilio Ecumenico del Vaticano.

Dopotutto, era quello che Maria si auspicava, visto che anni addietro lasciò il lavoro d'infermiera in tirocinio, per dedicarsi completamente alla famiglia.

Don Davide, nonostante si ostini a nutrire parecchie perplessità a riguardo, questa volta non poteva assolutamente esimersi dal soddisfare le richieste di Don Pietro, visto l'interposizione e le forti pressioni del Vescovo e Vicario Capitolare di Novara Ugo Poletti.

«Davide metti da parte gli eventuali livori per Don Pietro, dobbiamo continuare ad essere una comunità pronti ad aiutarci a vicenda, per progredire nella nostra azione pastorale. Sei tenuto quindi ad agevolare il percorso ecumenico di Don Pietro, cui ho affidato un incarico importante. Devi aiutarlo a soddisfare le sue esigenze logistiche. Siamo intesi?»

Premetto che Ugo Poletti occupa una posizione parecchio influente per il Vaticano: attualmente dirige le Pontificie Opere Missionarie, ovvero, un'importante missione pastorale, che gli consente sicuramente, come in questo caso, di avere un buon deterrente, per farsi intendere da Padre Davide, parroco di Sant'Anna.

Don Pietro spesso deve fare i conti con una sua debolezza innata, un'ossessione proibita, vale a dire, un desiderio passionale verso donne eleganti e fascinose, grazie alle quali non riesce mai ostacolare il suo deflusso maniacale. Infatti, è per questo motivo che, al momento opportuno, ossessivamente parlando, non manca mai di indirizzare gli sguardi verso quella dolce sposa, Maria, esigendo, senza un minimo di ritegno, ulteriori informazioni dal parroco di Sant'Anna.

«Padre Davide chi è quella signora, con cui hai instaurato un rapporto così affiatato? Perché mai hai così tanto interesse verso di lei? Ha uno spirito così nobile! È davvero affascinante e sensuale! È per caso libera da impegni lavorativi?»

Davanti a queste domande così tendenziose, Padre Davide come potrebbe non essere imbarazzato?

Ciò che più lo preoccupa maggiormente però, sono questi sguardi ossessivi di Don Pietro verso la sua parrocchiana, sospinti dalle sue manie proibite.

«Togliti dalla testa questi presupposti assurdi! È una signora sposata, che ama suo marito e la sua famiglia, in cerca di un vero aiuto spirituale, alla quale sono ben lieto di offrirle.»

Don Pietro, a sua volta, con un sorriso ironico, non riesce trattenere quel suo sarcasmo mascherato da buon samaritano.

«Bene! Grazie per avermelo confidato! Ne farò tesoro! La voglio come colf! In quel frangente che lavorerà per me, ti assicuro che sarò il suo angelo custode. Stai pure tranquillo! Con me sarà in buone mani.»

Non è un caso quindi che Maria, già a metà della settimana successiva, nonostante l'estenuante opposizione del

marito Ercole, sia costretta ad iniziare questa nuova esperienza lavorativa.
Qualcosa di positivo c'è in questo lavoro di colf, l'affettuosa cordialità, con cui viene trattata, è sorprendente.
D'altronde come potrebbe essere altrimenti, con Don Pietro?
Com'è prevedibile che sia, questa estenuante gentilezza da parte sua, non è altro che un sottile espediente, per entrare nella simpatia e nella fiducia di Maria, oltre che nella sua intimità, incurante dell'imbarazzo di quest'ultima.
Questo disorientamento di Maria, soppesato pure da una certa timidezza, non sfugge alle attenzioni di Don Pietro, che, maliziosamente, ne approfitta per incanalare i soliti propositi maniacali perversi. Infatti, sospinto da quei suoi pensieri accattivanti, ovvero, da quelle sue manie sessuali innate, con profonda malizia, riesce ad addentrarsi, giorno dopo giorno, negli angoli più nascosti del cuore di lei, camuffandosi addirittura in un maestro di vita.
È inutile dirlo, Maria, come fosse un pasto prelibato, sta per essere inghiottita da quella mania proibita di Don Pietro, che non sembra per niente arretrare di un solo passo.
Come ho già anticipato, lei è una donna affascinante ed è questo il suo guaio: il suo sex-appeal è paragonabile ad una tempesta convulsiva, per quelle manie sessuali di chi non le toglie mai gli occhi di dosso, il quale, divorato da questa sua morbosità ossessiva, come al solito, non ha più nessun appiglio, su cui aggrapparsi, per riemergere da questo pantano disdicevole.
Purtroppo si sa, l'istinto passionale tende a prevaricare

sull'individuo, grazie alla cosiddetta debolezza della carne, non è un caso quindi se, in quell'atmosfera particolarmente accaldata, la passione sessuale stia lentamente iniettando la sua dose di veleno inebriante.

Neppure le difese immunitarie di Maria dettate dal buon senso familiare, riescono ostacolare quel fascino radioso incalzante, a volte pure fanciullesco, di Don Pietro, che, inevitabilmente fomenta il loro rapporto, alla rincorsa del momento propizio tanto bramato.

Don Pietro ne è sicuro, prima o poi, quel momento melodico e sdolcinato favorevole, che gli permetterà finalmente di rimuovere quel confine proibito di Maria, arriverà. Infatti, non passa giorno in cui non si logori la mente, per provare di mettere a punto una strategia, che aveva già a portata di mano: "Maria, è una donna facilmente suggestionabile, pertanto quale potrebbe essere un espediente migliore, di fingermi ammalato, per irrompere nelle sue grazie intime?"

Non c'è alcun dubbio, per Don Pietro, fingersi ammalato, potrebbe essere veramente un deterrente risolutivo, o meglio ancora, esplosivo, per addentrarsi in quell'intimità proibita di Maria.

Insomma, i presupposti, per aprire quella dannata breccia verso quel muro di integrità morale di Maria e dare così il via ai suoi propositi maniacali ci sono già tutti; tant'è vero che, con quella sua espressione perennemente gioiosa e fanciullesca, tenta, piano piano, di crogiolarsi, con estrema sfrontatezza, accanto a lei, contribuendo a creare un'atmosfera sempre più intima, da scambiarsi persino le emozioni più segrete.

Tanto per rendere l'idea, Maria non disdegna neppure dal confidare a Don Pietro le problematiche esistenti in famiglia, con maggior riferimento a quelle relative all'intimità, con il marito.

Ormai è ovvio, fra i due si sta veramente instaurando qualcosa che va ben oltre ad un normale rapporto benevolo, che si dovrebbe avere con un prete. Si sta affermando una complicità oltremodo travolgente, dalla quale tutti e due traggono sollievo dalle loro ansie quotidiane.

Il pericolo è in agguato! La freccia di Cupido è in posizione! È in attesa di quell'effusione di troppo che contribuisca a perforare quella membrana esile di moralità ancora esistente.

A nulla servono gli scrupoli di Maria! A nulla servono i suoi tentativi di divincolarsi da quella brama maniacale sessuale di Don Pietro, in procinto di essere consumata come un boccone prelibato e delizioso.

Ecco ci siamo! La freccia di Cupido è scoccata!

Ora, non serve più pregare, affinché quel benché minimo segno di integrità morale, ancora rimasto fra un prete e una donna sposata, venga rimosso per sempre.

Capitolo 2

. . . Questa esperienza sessuale unica, alquanto scioccante, che Maria sta consumando in quella camera con Don Pietro, domina ormai la sua anima, anestetizzando persino quel suo spirito di integrità morale innato, tanto osannato. . .

È la mattina di martedì ventotto marzo 1967, Don Pietro Vergari e Maria, stranamente, si trovano adagiati sul letto in atteggiamenti alquanto comprometenti: lei, imprigionata nelle effusioni passionali di lui, sembra non avere scampo. Il freno inibitorio moralistico è ridotto ormai a un flebile velo, imbevuto di stimoli sensuali ossessivi, con un vortice caramellato che li avvolge, inducendoli a sfogare fino in fondo le loro fantasie proibite, rimaste in decantazioni ormai da parecchi giorni.
Per Don Pietro, non è stato difficile catturare l'attenzione affettiva di Maria! Approfittare della sua vicinanza fisica, per trascinarla completamente in un mondo fantastico, fuori da ogni regola, fuori da ogni etica morale, equivaleva a un appagamento dovuto.
In genere, da una brama sessuale, maturata costantemente, come quella di Don Pietro, nasce un mostro di perversione impossibile da contenere, da cui neppure un

santo riuscirebbe poi a liberarsi.

Ormai per Maria non c'è più scampo! Le effusioni di Don Pietro, sono diventate troppo soffocanti. Non è più possibile liberarsene! A nulla servono le sue opposizioni!

«No! No! Non puoi arrivare a questo! Ti prego fermati Don Pietro! Prendi coscienza! Santiddio, sei un sacerdote!»

Altro che riprendere coscienza: Don Pietro non riesce proprio a riemergere da quell'atmosfera cosi sensuale. Come di consueto, questa è una delle tante situazioni perverse, in cui lui non si rende davvero conto di vivere la realtà. È, per così dire, imprigionato da quel sogno, o meglio, da quel desiderio maturato, che puntualmente lo assilla, senza freni inibitori, sempre più inebriato di passione per Maria. Però, nonostante lui si lasci divorare da quell'istinto sessuale così animalesco, colmo di eccitazione arretrata, non è certo la violenza a prendere il sopravvento, verso quel contatto di pelle così raffinato, così leggero; al contrario, si instaura un'atmosfera sessuale condivisa ed estremamente delicata, direi vellutata, che si fonde in un fuoco emotivamente passionale, senza più ritorno.

Alle esortazioni, sempre più tenui di Maria, a ritrarsi da questo contesto così incandescente e imbarazzante, Don Pietro non dice una sola parola, poiché, con maniacale ossessione, non vuole lasciarsi sfuggire neppure un benché minimo sospiro ansimante. Ogni particella fisica di Maria è praticamente controllata da quelle sue mani calde e vellutate, che scivolano sulla sua pelle ruvida dall'imbarazzo.

Chi potrebbe mai notarli, in quel loro ardente baccello segreto?

La segretezza è un obbligo per entrambi, come pure lo è l'obiettivo di Don Pietro, da raggiungere a tutti i costi, per quietare quelle sue esasperate eccitazioni sessuali indomabili, che non hanno mai smesso di divorarlo.

Ormai è ovvio, Maria si trova a gestire questa situazione con profondo disagio, richiamando inevitabilmente, su di sé, i consueti interrogativi inquietanti, che la trascinano a maturare dei sensi di colpa estremamente pungenti.

"Sì! È così! La colpa è solo mia e di quel carattere tenero che mi porto sempre a presso. Don Piero ha un'espressione così fanciullesca, come non potevo esprimergli tenerezza? Spesso avevo l'impressione di avere a che fare con mio figlio. Sì la colpa è solo mia! Ora come posso ritrarmi da lui senza ferirlo? Oh Dio mio perdonami! Oh Dio aiutami!"

L'esitazione di Maria a prendere provvedimenti, in quel contesto così scottante, incrementa i gesti di Don Piero ad irrompere nei suoi angoli carnali più intimi, privandola dei suoi indumenti, senza che lei se ne renda conto, per poterla assoggettare a un coito ormai divenuto praticamente ingestibile.

Questa esperienza sessuale unica, alquanto scioccante, che Maria sta consumando in quella camera con Don Pietro, domina ormai la sua anima, anestetizzando persino quel suo spirito di integrità morale innato, tanto osannato. Infatti, in quell'arco di tempo che passa con Don Pietro, si sente ostaggio di quel suo istinto animalesco sessuale primordiale: una sensazione particolarmente intensa, che riesce, inesorabilmente, a bloccare e ad occultare qualsiasi altra emozione, proveniente dalla sua vita quotidiana di madre e moglie. È sprofondata, per così dire, nelle parti più estreme del suo inconscio, lasciandosi sopraffare da quel fuoco adolescenziale ancora vivo, con cui lei riusciva, con una semplice eccitazione, a sorvolare qualsiasi moralità, incurante delle eventuali avversità che queste passioni sensuali potessero poi generare.

Lo sanno tutti che, qualsiasi peccato di gola, porta sempre con sé un prezzo, una colpa da espiare: per Maria, considerando la sua vita irreprensibile, sembra essere veramente rilevante, o peggio, devastante sotto tutti punti di vista. Infatti, quest'esperienza intima con Don Pietro, psicologicamente parlando, le produrrà una lacerazione alquanto profonda, la quale, nonostante il tempo possa poi lentamente cicatrizzarsi, dovrà sempre, con grande spirito di sacrificio, occultarne il segno, per non suscitare scandali, o peggio ancora, generare ripercussioni in famiglia.

Don Pietro, al contrario, soddisfatto di avere appagato appieno le sue fantasie passionali, non si pone poi così tanti scrupoli di coscienza, dal momento che non è sicuramente la prima evasione sessuale a concedersi, con donne sposate. Confida più che altro nel silenzio tombale di Maria, di cui lui ne è quasi certo, visto che finora nessuna delle sue conquiste si è mai permesso di denunciare queste sue avance così indecenti. Però, questa volta, un inconveniente si sta per profilare all'orizzonte, o meglio, ci sono tutte le premesse che qualche ingranaggio esistenziale di troppo possa incagliarsi.

Quale potrà mai essere l'ostacolo che, inaspettatamente,

arriverebbe ad occludere la via di ritorno alla solita vita quotidiana, mettendo a repentaglio la loro serenità?

Lasciamo pure che il frutto di questo episodio proibito, che i due hanno consumato con tanto ardore, sia unico e sensazionale, ma come disinnescare poi un'eventuale bomba mediatica ad orologeria?

Il pericolo che possa accadere è dietro l'angolo! Essa metterebbe sotto i riflettori scandalistici, non solo la vita di entrambi, ma di riflesso pure una parte amministrativa del Vaticano.

Premetto che in Vaticano alcuni sono più che consapevoli di queste evasioni sessuali di Don Pietro; infatti non è un caso che lo abbiano trasferito a Roma, affidandogli un incarico di responsabilità presso gli uffici amministrativi della Santa Sede. Questo provvedimento doveva essere una misura cautelativa, per allontanarlo dalla vita parrocchiale, per distoglierlo cioè da quelle sue manie sessuali ossessive e perverse, per sviare certe dicerie che stavano divulgandosi a macchia d'olio.

Capitolo 3

... L'ardente passione sessuale, che scaturisce dagli angoli più infiniti dell'anima e dello spirito, non la si può occludere, senza concedere ad essa lo sfogo necessario. Non si può neppure pretendere di arginarne gli effetti, con dei consueti voti religiosi, poiché prima o poi tenderà a trasformarsi in una vera mania persecutoria, o peggio, in una perversione diabolica e innaturale, sfociando pure nella pedofilia. ..

In passato Don Pietro Vergari, consapevole di questo suo profondo disagio maniacale ingovernabile, o meglio di queste sue manie sessuali ossessive, si affidò a chi lo avrebbe capito, più di ogni altra persona al mondo, ossia, al Vescovo Ugo Poletti, che a quel tempo era ausiliare di Monsignor Gilla Vincenzo Gremigni, Arcivescovo di Novara.
Ora per comprendere meglio questa consueta disponibilità di Ugo Poletti a tirare Pietro Vergari fuori dai problemi, ci si deve immedesimare ancora più indietro nel tempo, all'inizio degli anni cinquanta, precisamente martedì del cinque maggio del 1953.
Immedesimiamoci in tale data allora!

Pietro Vergari, seminarista diciassettenne e Don Ugo Poletti sacerdote trentanovenne, nasce un rapporto particolarmente tenero, per non dire un'attrazione sensuale, in occasione di un incontro a Roma, relativo a un gruppo di seminaristi.

In effetti, quello sguardo così fanciullesco, così smarrito di Pietro Vergari come potrebbe non catturare l'emotività di Don Ugo Poletti, sacerdote, così vulnerabile a questo genere di giovani?

Sto parlando dell'omosessualità di Don Ugo Poletti, difficile da gestire, allorquando un flusso magnetico riesca a scuotere quella sua passione maniacale infinita. Sta di fatto che, nonostante sia ben consapevole dei suoi vincoli ecclesiastici, non si esime mai dal preservare, con grande accuratezza, quella sua omofilia innata, addirittura come una dote spirituale assegnatagli da Dio in persona.

In effetti, gli è bastato un sorriso fanciullesco di Pietro e una sua stretta di mano calda, per scuotere quella sua passione carnale innata, mettendolo in profonda agitazione.

Non c'è che dire! L'eccitazione è tanta! Le loro mani, fortemente ancorate fra loro, nonostante i convenevoli religiosi, stentano a lasciarsi, poiché devono a tutti i costi stimolare le parti più intime di quella loro predisposizione sessuale. Per Don Ugo è un'occasione unica! È un'infatuazione irripetibile! Non è un caso quindi che, non volendo perdere per nulla al mondo questa occasione così appagante, si aggrappi a qualche espediente religioso, per giustificare un invito a una cena intima.

A sua volta, Pietro, consapevole di ciò che sta maturando

in quell'atmosfera a dir poco sdolcinata, è pronto ad assecondare qualsiasi capriccio sessuale, grazie a quel suo spirito opportunista innato, visto che, da fonti riservate, è venuto a conoscenza che Don Ugo Poletti sia destinato, ben presto, a ricoprire la carica di Vescovo, per aggiudicarsi poi, in un futuro, una carica apprezzabile in Vaticano.

Ovviamente, Pietro, nonostante possa essere attratto fortemente solo dalle donne, non sarà certo un cavillo sessuale a mandare all'aria l'occasione di condividere un rapporto affettivo con una futura figura di rilievo, come Don Ugo Poletti. Anzi, sarebbe assolutamente disposto a sacrificare le sue attitudini sessuali e cambiare sesso, per un futuro promettente nell'ambito clericale. Venderebbe pure l'anima al diavolo! Per lui, la carriera e il denaro non hanno prezzo!

In questo frangente, fra Don Ugo e Pietro, il ghiaccio sembra essersi rotto: i due ora sono seduti a crogiolarsi in un ristorante, davanti a un buon bicchiere di vino. Sembra si stia preannunciando davvero una serata piena di sorprese, oltre, ovviamente, a una nottata delicatamente sdolcinata memorabile.

Che sia l'inizio di un rapporto tenero duraturo?

Già lo stanno stabilendo le loro intense effusioni, in una delle due camere dell'albergo, in cui sono alloggiati.

Don Ugo conosce bene Pietro! È pure al corrente della sua inaffidabilità legata alle donne.

Nonostante tutto però, sente di riuscire a padroneggiare ugualmente questo rapporto sentimentale, che sta maturando con lui, inesorabilmente. È ovvio, accecato dall'infatuazione, Don Ugo ancora non percepisce appieno le vere finalità di Pietro, ma essendo per natura positivo e pacato, è certo di saper fronteggiare qualsiasi ostacolo che eventualmente potrebbe interporsi, nella loro tenera unione.

Davanti a questa vicenda così appassionata, fra queste due figure religiose, come si può non essere sopraffatti dalla curiosità?

Non c'è nulla di cui meravigliarsi! D'altronde sono esigenze fisiologiche, che Madre Natura ha fornito a tutti gli esseri viventi. Si tratta solo di avvalersene in maniera corretta, senza impedirne il deflusso.

Le emozioni sessuali dei sacerdoti possono veramente abbattere quella loro castità, tanto osannata dalla Santa Chiesa?

Una cosa è certa: non saranno certamente i cosiddetti "voti di castità" a porre dei freni inibitori a quegli stimoli sessuali prorompenti. Al limite, solo a fronte di una sincera e a una profonda devozione a Dio in persona, si potrebbe ottemperare a questa promessa di castità.

Ma questa profonda e sacrificale devozione a Dio, appartiene veramente a tutti i preti?

Personalmente nutro dei seri dubbi! Poiché, il più delle volte la cosiddetta "devozione a Dio" non c'entra nulla. Fare il prete, spesso, è solo un espediente per ambire a una figura rispettabile e di rilievo, nel contesto del cosiddetto Mondo Civile. È una professione insomma, mascherata da culto religioso.

Poi per quel che concerne il desiderio sessuale, come ho

già accennato, essendo per natura, parte integrante della vita umana, non lo si può padroneggiare, con una semplice regola imposta da un culto religioso. L'ardente passione sessuale, che scaturisce dagli angoli più infiniti dell'anima e dello spirito, non la si può occludere, senza concedere ad essa lo sfogo necessario. Non si può neppure pretendere di arginarne gli effetti, con i consueti voti religiosi, poiché prima o poi tenderà a trasformarsi in una vera mania persecutoria, o peggio, in una perversione diabolica e innaturale, sfociando pure nella pedofilia.

Ora tornando all'ardente passione intima fra Don Ugo Poletti e il seminarista Pietro Vergari, che stanno consumando all'interno di una camera d'albergo, non ci vedrei nulla di strano, se non fosse per l'ipocrisia, a cui sono forzatamente sottoposti dalla Santa Chiesa.

Infatti, che male potrebbe mai esserci, fra i due rappresentanti della Santa Chiesa, nel consumare la loro ardente passione sessuale, in forma strettamente riservata?

Non c'è nulla di orribile!

Essi sono entrambi consapevoli di dare sfogo al loro ardore sessuale. Però, si dà il caso che debbano, inevitabilmente, mentire ai fedeli e a loro stessi.

Questo è il vero male: l'ipocrisia!

Non è un caso quindi che questa ambiguità la si debba occultare spesso con un velo sporco di macchinazioni infide, fino a conficcarsi in un labirinto di ipocrisia incombente, dalla quale sia impossibile poi uscirne, senza prima averne pagato un pegno.

Passa il tempo e le menzogne non muoiono mai, sono

sempre lì, esigendo un conto sempre più salato, trasformando poi, spesso e volentieri, le persone in mostri diabolici, magari pronti a coinvolgere pure degli innocenti, che casualmente possano trovarsi nella loro direttiva.
Ma questo lo vedremo in seguito!

Capitolo 4

... Don Pietro, con Maria è stato chiaro in merito!
«Taci Maria! Taci! Nessuno deve sapere! Fai finta che questa nostra esperienza sia stata solo un sogno passionalmente appagante. Pensa al contatto di pelle, al senso di benessere che abbiamo provato entrambi, spogliandoci da ogni pregiudizio. Di tutto ciò, rimarrà solo un buon ricordo! Credimi!» ...

Ora ritorniamo nell'aprile del 1967.
Maria che, assieme alla famiglia, abita in un appartamento presso un edificio di via Sant'Egidio, di fronte al torrione, in cui si scorge la Banca Vaticana, o meglio, lo Ior, Istituto per le Opere di Religione, si trova ad essere divorata da un insopportabile senso colpa.
Una lama affilata, senza pietà, le trafigge il cuore, soffocandola. Si sente sporca! Quella vicenda nera vissuta fra le braccia di Don Pietro Vergari, circa due settimane fa, è diventata un'ossessione.
Lei vorrebbe che quell'errore di percorso, divenuto uno scarabocchio nero indelebile, si cancellasse subito dalle pareti del suo cuore.
Ma in che modo?

Magari, visto che non esiste gomma al mondo che possa soddisfare tali pretese, potrebbe provare ad attenuarne gli effetti.

A quale prezzo però?

Volendo, potrebbe mettersi una mano sul petto e confessare tutto al marito.

Questo non è possibile! Sarebbe troppo compromettente, visto l'incarico, particolarmente delicato, di "messo", che egli svolge presso gli uffici amministrativi della Santa Sede, occupandosi degli inviti alle udienze generali e della corrispondenza con le ambasciate. In effetti, questo fattore, oltre a generare dissidi in famiglia, inevitabilmente favorirebbe la deflagrazione di una bomba scandalistica all'interno del Vaticano, con conseguenze a dir poco imprevedibili.

Don Pietro, con Maria è stato chiaro in merito!

«Taci Maria! Taci! Nessuno deve sapere! Fai finta che questa nostra esperienza sia stata solo un sogno passionalmente appagante. Pensa al contatto di pelle, al senso di benessere che abbiamo provato entrambi, spogliandoci da ogni pregiudizio. Di tutto ciò, rimarrà solo un buon ricordo! Credimi!»

È ovvio, per ora a Maria non rimane altro da fare che tacere e nel suo cuore cercare di accantonare, o peggio, tamponare, finché è possibile, una lacerazione che non cessa di erogare sangue. Infatti, questa situazione anomala, la porta ad essere parecchio frustrata, generando una stranezza di umore, da non passare certamente inosservata ai familiari, specie al marito, che non si esime dall'alimentare equivoci, scatenando improvvisi dissidi senza motivo.

I giorni passano, il tempo non accenna a sanare il senso di colpa, che giace sempre più incancrenito in Maria.

D'altronde, come potrebbe essere altrimenti, visto che ormai l'ipocrisia sembra aver preso il sopravvento sul suo spirito?

Per liberarsi da questo fardello, Maria è sempre in attesa di un momento propizio particolare, che però non sembra arrivare mai. Nonostante tutto però, continua a rimane fiduciosa: sente che prima o poi riuscirà a confidarsi e farsi perdonare dal marito il tradimento, ovvero, quell'inaspettato appagamento sensuale con Don Pietro.

Intanto, quell'incomprensione fra i due coniugi, giorno dopo giorno, continua ad essere sempre più minaccioso che mai, non riuscendo ancora placare i loro animi. Non per molto però, visto che finalmente si sta profilando all'orizzonte un evento, che riuscirà sicuramente ad occultare, almeno temporaneamente, quella discordia silente.

Quale potrebbe mai essere quest'evento a sorpresa, così particolare?

In genere gli elementi a sorpresa, belli e brutti che siano, vanno a braccetto. In questo caso quindi, non si può escludere che, la suddetta vicenda passionale consumata fra Maria e Don Pietro, abbia scaturito l'inevitabile.

Capitolo 5

... Come fossero dei ritornelli, Maria è fortemente insidiata da questi sensi di colpa, che non le danno tregua.
"Sto derubando al nascituro la gioia di vivere la vita, con il vero padre. No! Non posso farlo! Non importa se è un prete! È pur sempre suo padre! Dio mio aiutami! Mandami un segnale! Cosa devo fare di questa creatura, figlia del peccato che porto in grembo? Quanto vorrei che tutto svanisse nel vuoto. È una tortura infinita, con la quale non sarei in grado di conviverci"...

Maria è gravida! Non ci sono dubbi! A fronte di ciò, la gioia in casa non si fa attendere. L'idea di allargare la famiglia gratifica non poco gli altri tre figli, Natalina di undici anni, Pietro di 9 anni e Federica di 6 anni.
Al contrario però, davanti allo stupore dei familiari, Maria non sembra gradire l'evento, anzi si mostra particolarmente angosciata. Semplicemente si lascia assalire da un forte dubbio, o peggio, si lascia sopraffare da un interrogativo che, piano piano, inizia logorarle l'esistenza, già compromessa dai sensi di colpa.

"Questa mia sensazione, che logora la mia esistenza, è reale. Non riesco più governare il mio cuore, che batte come un ossesso. Non c'è alcun dubbio! Questo che porto in grembo è il frutto della discordia! È il frutto di Don Pietro!"

Non è un caso quindi se, impulsivamente e con profonda irritazione, lei esprima la sua ferma volontà di volere abortire subito. In fondo, è profondamente convinta che la gravidanza sia la conseguenza di quel maledetto episodio passionale, consumato con Don Pietro, che per ora solo lei conosce. Insomma, percepisce quell'incidente di percorso, come una maledizione da interrompere subito.

La sua angoscia è dovuta alla folle ipocrisia, cui è costretta sottostare, facendole sanguinare la coscienza, sia nei confronti di suo marito, accollandogli la paternità di un figlio che non gli appartiene, sia nei confronti del nascituro, privandolo del vero padre, ovvero, dell'ignaro Don Pietro.

Come fossero dei ritornelli, Maria è fortemente insidiata da questi sensi di colpa, che non le danno tregua.

"Sto derubando al nascituro la gioia di vivere la vita, con il vero padre. No! Non posso farlo! Non importa se è un prete! È pur sempre suo padre! Dio mio aiutami! Mandami un segnale! Cosa devo fare di questa creatura, figlia del peccato che porto in grembo? Quanto vorrei che tutto svanisse nel vuoto. È una tortura infinita, con la quale non sarei in grado di conviverci".

A casa e chi la conosce, non sapendo la vera ragione di quel forte malessere, di cui è vittima, sono convinti, oppure cercano di credere, che questi suoi repentini cambi d'umore, siano dovuti a una normale depressione, che colpisce le donne gravide.

«Non c'è nulla di cui preoccuparsi! Le passerà presto!»

È così che dicono tutti!

Tuttavia però, nei familiari, certe forti perplessità non sembrano ancora mollare la presa. Una fra queste è che non riescono a capire, come quel genere di depressione, possa essere così devastante, a tal punto da indurre Maria a voler a tutti i costi abortire.

È inutile! Lei non si scompone nemmeno davanti alle continue preghiere dei figli.

«Perché mamma vuoi interrompere la gravidanza? Non vediamo l'ora di abbracciare il nostro fratellino o la nostra sorellina. Pensa, nutriamo già un grande affetto per quel pargoletto che tieni in grembo.»

Il marito Ercole, avendo superato del tutto quei dubbi infondati su Maria, che lo assalivano precedentemente alla notizia della gravidanza, sente di essere in qualche modo responsabile del suo malessere. Infatti non è un caso che ora si mostri parecchio paziente e premuroso, forse anche troppo, visto le quotidiane mortificazioni che subisce dall'incontenibile irascibilità di Maria.

Ercole è veramente allo stremo! Sente di non potercela più fare! Ha bisogno di un certo conforto!

Chi glielo potrebbe offrire se non il parroco Padre Davide Falcioni, della loro parrocchia di Sant'Anna?

Fra l'altro Ercole ha un rapporto parecchio affiatato con il parroco, visto che fu proprio lui a raccomandarlo per il posto di "messo", che tutt'ora ricopre negli uffici amministrativi della Santa Sede. Infatti Padre Davide, prima del 1961, pur essendo viceparroco nella parrocchia di

Sant'Anna, lavorava presso l'archivio segreto della Segreteria di Stato del Vaticano.

Ercole, oltre ad avere una grande stima, si fida ciecamente del parroco, difatti, a quell'incontro confidenziale che sta intrattenendo con lui, non tralascia di svelare neppure i problemi della vita sessuale che ha con Maria. Gli confida persino quel forte dubbio, che lo attanagliava da circa un mese, ovvero quell'ipotizzato tradimento, di cui sarebbe stato vittima.

Ora però, battendosi il petto, pensa che sia stato solo un malinteso scellerato, che sicuramente abbia inciso sullo stato ansioso della moglie.

Non c'è che dire, Ercole ha dei forti sensi di colpa.

«È tutta colpa mia, Padre Davide! Non dovevo dubitare della fedeltà coniugale di Maria. Padre Davide la prego, mi aiuti! Mia moglie vuole abortire! Cerchi di farla ragionare! Tenti di dissuaderla dal commettere quell'ignobile sciocchezza. È impazzita! Santiddio faccia qualcosa!»

Ercole è veramente provato. È giunto al limite della sopportazione. Questa situazione in casa lo sta veramente distruggendo psicologicamente.

Ercole implora Padre Davide, poiché è sicuro che possa essere l'unico in grado di risolvere il problema. Pone veramente fiducia in lui! Dopotutto sa che ha sempre avuto un buon rapporto confidenziale con Maria.

Padre Davide, notando il forte stato angosciante di Ercole, non può sicuramente esimersi dal consolarlo.

«Ercole devi calmarti! Lo vuoi capire o no che se ti agiti peggiori solo la situazione? Negli uffici amministrativi della Santa Sede sono preoccupati. Ti vedono parecchio teso! Ora pensa solo al tuo lavoro che al resto penserò io. Ti ho già detto che parlerò con Maria e la riporterò sulla retta via. Fidati di me! Stai tranquillo!»

Poi, notandolo parecchio assorto, cerca di risvegliarlo strattonandolo.

«Oh, mi stai ascoltando? Che cos'hai da rimuginare? Ti ho appena assicurato che penserò io a tutto. Ti fidi di me? Eh, ti fidi di me? Anzi le faccio visita proprio oggi!»

Padre Davide non sa ancora nulla di quella vicenda sessuale intercorsa fra Don Pietro e Maria, però conosce bene il forte ascendente che lei ha su di lui; pertanto, dopo la confidenza di Ercole, non si trattiene sicuramente dall'interrogarlo, sperando, perlomeno, di riuscire a subodorare qualcosa in merito. Chissà, magari rivelandogli la gravidanza di Maria, potrebbe estorcergli un'eventuale confessione indecente; poiché i sospetti che Don Pietro possa avere avuto un rapporto sessuale spudorato con Maria, in Padre Davide si fanno sempre più concreti e dolenti.

È mercoledì ventisei aprile 1967, Don Pietro sta conversando con Padre Davide, nella canonica della chiesa di S. Anna.

«Razza di verme schifoso! Che hai combinato ancora? Non ti sono bastati i casini che hai lasciato in giro? Non ti è bastato neppure fare sesso con quella famosa prostituta romana, quando eri ancora un seminarista, rendendola gravida? Ricorda che hai un figlio già ragazzo che neppure ti conosce, ormai avrà sì e no tredici anni. Si chiama Enrico: il nostro Renatino. Almeno questo te lo ricordi? Ti sei mai interessato a lui? Per esempio, se sia ancora al mondo? Comunque non ti preoccupare, colui che dovrebbe figurare suo padre adottivo, mi riferisco ad Antonio De Pedis, riceve un buon compenso mensile di mantenimento, oltre, ovviamente, ad assicurare a Enrico, un'adeguata istruzione dalla Curia. Così mi ha assicurato il tuo intimo compagno Vescovo Ugo Poletti. Spesso mi chiedo che fine possa mai fare quel ragazzo? Riuscirà a camminare sulla retta via, pur non avendo un vero padre?»

Al riemergere di quella catastrofica circostanza del passato con Miriam, quando ancora era seminarista, Don Pietro rimane parecchio turbato, anzi sciocato, tant'è vero che, un affanno inaspettato, gli impedisce di rispondere. Infatti all'epoca, quell'episodio sessuale con quella prostituta sconvolse non poco tutto l'ambiente clericale. Si evitò uno scandalo coinvolgendo persino l'Amministrazione della Santa Sede, erogando subito alla donna una cospicua somma in denaro, oltre ad un mensile trattenuto poi, in parte dal stipendio di Don Pietro.

Padre Davide non si ferma qui: con efferata risolutezza esige delle spiegazioni sulla nuova storia con Maria.

«Pietro tu mi devi dare delle spiegazioni! Non mi devi dire delle fesserie! Hai capito razza di idiota!»

Vedendolo ancora particolarmente assente, Padre Davide, molto irritato, gli alza il mento, per fissarlo negli occhi.

«Avanti dimmi! Che le hai fatto a Maria? Dimmelo bastardo!»

Non c'è che dire, l'irruenza di Padre Davide, inevitabilmente, mette alle strette Don Pietro, tanto da costringerlo a rivelare tutto. Fatto sta che gli manifesta ogni particolare, giustificando quell'episodio sessuale, a quella sua mania persecutoria incontrollabile innata, che tutti già sanno nell'ambiente clericale.

«E va bene! Ci sono andato a letto e ho fatto l'amore con lei. Sei soddisfatto ora? Che cosa vuoi da me? Di cosa ti lamenti? In fondo siete tutti consapevoli di questa mia debolezza. Per caso ricevo l'adeguata considerazione che dovrei avere? No! Nonostante questa mia mania sessuale, grazie a voi, sono ancora qui come ministro di Dio. Allora di che cosa mi accusate? Comunque io desidero continuare ad essere servo di Dio. La mia vocazione religiosa è imprescindibile. Vi chiedo di aiutarmi!»

L'irascibilità di Padre Davide inizia ad essere al limite della sopportazione, tant'è vero che interrompe bruscamente Don Pietro, insultandolo nuovamente.

«Allora sei proprio idiota! Lo vuoi capire o no che l'hai messa incinta! L'hai messa incinta! Lo capisci questo? Tu hai una nuova prole! È nel grembo di Maria! Questa volta però hai a che fare con una donna felicemente sposata e con figli. Santiddio, non è una prostituta! Ora come glielo spieghi al tuo grande intimo compagno Ugo Poletti, in che razza di problemi ti sei cacciato? Digli pure che questa volta non basterà la grande "Fratellanza Occulta" del Vaticano, di cui fa parte, a toglierti dai guai. Ti rendi conto che questa vicenda sessuale, potrebbe pregiudicare la sua nomina ad Arcivescovo di Spoleto. Magari fosse così! Io me lo auguro! Almeno, per una volta, ne nomineranno uno al di fuori da quella spregiudicata cerchia ristretta di avvoltoi. Che il diavolo li porti via tutti, quei faccendieri mistificatori senza scrupoli, che manipolano la Santa Chiesa dai sotterranei.»

Intanto Don Pietro, alquanto stravolto, senza dire una parola, abbassa lo sguardo, per cercare di sfuggire alle occhiate particolarmente taglienti del parroco.

Padre Davide è profondamente addolorato per gli eventi angoscianti che si stanno susseguendo a casa di Ercole. Questi lo mandano talmente fuori di senno, da arrivare persino ad infierire fisicamente su Don Pietro. Infatti, con un gesto impulsivo, prendendolo per il bavero della camicia, lo scaraventa sul tavolo con l'intento di percuoterlo con un pugno, deviando per un attimo dalla sua forte devozione religiosa.

«Razza di bastardo! Vuoi vedere che ti spacco quella faccia da ebete che ti ritrovi? A costo di farmi cacciare via! Credimi! Ti assicuro che prima o poi, te la spacco veramente, quella faccia da idiota. Eh! Lo vuoi vedere? Bastardo!»

Don Pietro nascondendo la paura dietro a un sorriso ironico, non si trattiene dal provocare ulteriormente Padre Davide, beffeggiandolo, facendo leva sulla sua intransigenza morale e religiosa.

«Dai avanti colpisci! Colpisci! Ti manca il coraggio? Sì è così! Maria me la sono fottuta perché mi attizzava! E allora? Se vuoi saperlo è piaciuto pure a lei, visto che ansimava.»

Padre Davide per lo sconcerto rimane per un attimo impassibile senza dire una parola, permettendo così a Don Pietro di riprendere le redini della discussione.

«Chiama pure chi vuoi! Fai pure quello che ritieni giusto!

Denunciami in amministrazione! Intanto ho sempre chi mi protegge le spalle, altrimenti non mi avrebbero offerto un posto di rilievo agli uffici amministrativi della Santa Sede, sapendo chi sono. Tu devi solo tacere se non vuoi fare la fine del sorcio. Hai capito bene parroco! Ti sto dando un consiglio da amico! Taci o per te saranno guai!»
Ulteriormente nauseato dalla totale incoerenza di queste parole, Padre Davide tenta di riappropriarsi della sua vocazione spirituale esortandolo ad andarsene.
«Vattene farabutto! Togliti dalla mia visuale e stammi alla larga per favore!»

Capitolo 6

... Se da un lato, Padre Davide, da questo deludente incontro con Ugo Poletti, ne esce particolarmente amareggiato e traumatizzato, dall'altro, finalmente, riesce a offrire delle certezze a certi sospetti indecenti, che custodiva nella sua sfera intuitiva. Ora ne è certo: fra lui e Don Pietro c'è parecchia intimità morbosa...

Padre Davide Falcioni sa benissimo che, per risolvere il problema di Maria, l'unico appiglio su cui si deve aggrappare è il Vescovo Ugo Poletti, sia per l'affiatamento segreto intimo che lui ha verso Don Pietro Vergari, sia per quell'inspiegabile ruolo di figura rilevante, seppur occulta e ambigua, che possiede nel comparto amministrativo della Santa Sede, teoricamente insediato come dirigente delle Pontificie Opere Missionarie.
Di questi intrighi subdoli, che si consumano nei sotterranei della Santa Sede, di questa massoneria clericale assetata di potere, a Padre Davide non interessa più di quel tanto, a lui preoccupa solo la sorte della sua parrocchiana Maria, della sua famiglia e della futura esistenza del nascituro. In sintesi, oltre ad esigere dei chiarimenti, vuole una

garanzia, o meglio, una rassicurazione, affinché Don Pietro stia veramente lontano dalla sua parrocchiana e si astenga da ogni forma di propositi sconsiderati verso di lei.

È la mattina di venerdì ventotto aprile 1967, Don Davide, in tutta segretezza, previo appuntamento, si reca alla Basilica di Sant'Eufemia a Spoleto, presso cui alloggia Ugo Poletti, prossimo alla nomina ad Arcivescovo.

A quella sorta di incontro vige un'atmosfera a dir poco pungente, dato che Padre Davide, con particolare apprensione, confida a Ugo Poletti ogni benché minimo dettaglio sulla vicenda intima intercorsa fra Don Pietro e Maria. Poi, particolarmente irritato, per quel suo atteggiamento oltremodo impassibile, non si sottrae dal rimarcare l'insidia che un'eventuale scandalo potrebbe ripercuotersi sulla Santa Chiesa, suggerendo un provvedimento da adottare urgentemente nei confronti di Don Pietro.

«Quello sconsiderato di Don Pietro, con le sue manie sessuali, continua essere una mina vagante. Lo volete capire o no che è un pericolo per la Santa Chiesa. Quel maniaco va allontanato al più presto! Possibile che non ve ne rendiate conto! Sono stufo di trovarmelo sempre tra i piedi, con quell'aria da fanfarone.»

Ugo Poletti, notando in Padre Davide un eccessivo accanimento nei confronti di Don Pietro, è portato a prediligere che fra i due possa esserci stato solo qualche dissapore e nulla di rilevante. Pertanto, minimizzando del tutto quella rivelazione indecente, cerca ugualmente di assecondarlo e di smorzare quel suo astio incombente, ab-

bracciandolo e ironizzando, con un sorriso particolarmente sornione.
«Stai tranquillo Davide! Stai tranquillo! Penserò io a tutto! Fidati di me! Tu credi veramente che non conosca Don Pietro? Chi lo potrebbe conoscere meglio di me? Ti prometto che lo prenderò per le orecchie e lo farò rigare dritto. Hai la mia parola! D'ora in avanti si terrà lontano dalla tua parrocchia. Non dovrai più temere, per la tua parrocchiana. D'accordo?»
Padre Davide, non se l'aspettava proprio questo atteggiamento così sdrammatizzante di Ugo Poletti, con quel suo abbraccio così galante, canzonatorio allo stesso tempo, che lo sospinge verso l'uscita, invitandolo a brindare davanti a una bottiglia di grappa posta su un vassoio dorato. Quest'atmosfera così equivoca, lo induce a uscire di tutta fretta, sbuffando e sbraitando, esulando dal formalizzare i convenevoli saluti, che il canone della gerarchia clericale prevede.
«Che volevi fare con quel bicchierino di grappa in mano? Corrompermi? Bastardo! Bastardi tutti voi che, sotto il mantello di rispettabilità cristiana, nascondete propositi indecenti agli occhi di Dio.»
Ugo Poletti, particolarmente risentito, oltre ad essere preoccupato per questo atteggiamento così ostile di Padre Davide, in tutta risposta non esita a lanciargli un secco monito.
«Davide! Davide! Fai attenzione a come ti comporti! Stai al tuo posto! Non commettere sciocchezze! O per te saranno guai seri! Hai capito bene! Guai seri! Pensa ai tuoi parrocchiani! Sei troppo importante per loro! Non sai

quanto dispiacerebbe a tutti noi, saperti lontano dalla tua parrocchia.»

Se da un lato, Padre Davide, da questo deludente incontro con Ugo Poletti, ne esce particolarmente amareggiato e traumatizzato, dall'altro, finalmente, riesce a offrire delle certezze a certi sospetti indecenti, che custodiva nella sua sfera intuitiva. Ora ne è certo: fra lui e Don Pietro c'è parecchia intimità morbosa.

Infatti, come ho già ho avuto modo di descrivere, per Ugo Poletti, questo rapporto intimo, equivale a un'infatuazione maniacale, da cui non riesce più ritrarsi, tant'è vero che sarebbe pronto ad occultare qualsiasi problema scandalistico dovuto alle manie sessuali del suo compagno Don Pietro.

Ormai è deciso! Ugo Poletti, oltre ad essere nominato a breve Arcivescovo di Spoleto, fra qualche anno diverrà pure Vice-reggente di Roma. Come ho già ribadito, è una figura parecchio rilevante e rispettata in Vaticano, poiché è parte integrante di un potere dominante occulto che, benché giaccia nell'ombra, detiene le redini di tutto l'apparato amministrativo della Santa Sede.

Capitolo 7

... *«Cerca di perdonare e capire, Davide! Pietro è una pecorella smarrita che va aiutata! Va ricondotta piano, piano all'ovile. Mi confida spesso che, nonostante le sue preghiere e il suo forte impegno a contribuire ad infondere la carità cristiana e a divulgare il Vangelo, Satana tenti continuamente di ostacolare il suo cammino verso la fede in Dio, facendo leva su quei suoi istinti carnali prettamente adolescenziali. Credimi Davide, noto in Pietro, con grande stupore, una forte determinazione a lottare, per devolvere il suo spirito alla castità cristiana, nonostante la sua passione venerea ostenti a cedere, essendo essa ancora attiva più che mai.»* ...

Questo deludente incontro con il Vescovo Ugo Poletti, per discutere di quella vicenda sessuale intercorsa fra Don Pietro Vergari e Maria, ovviamente non ha prodotto i risultati sperati, per Padre Davide Falcioni, se non quello del silenzio impostogli, cui, volente o nolente, non potrà esentarsi dal perpetrare, pena il trasferimento o peggio ancora la scomunica, previo accuse eventualmente costruite. Quegli incontenibili assilli, cui Padre Davide vorrebbe trovare, a tutti i costi, delle risposte chiare e certe, per cercare di ricucire la falla dell'incomprensione fra i coniugi Maria e Ercole, sembra che acquisiscano sempre più consistenza e amarezza.

Ugo Poletti diffiderà veramente Don Pietro dal stare alla larga da Maria? E soprattutto, Don Pietro riuscirà realmente a resistere all'infatuazione che ha per lei e a disconoscere il futuro nascituro?

Queste due incognite si trasformano in una paranoia incontrollabile per Padre Davide, come fosse un martello pneumatico perennemente presente nella sua mente. Non riesce a trovare neppure un appiglio su cui aggrapparsi, per iniziare a tracciare una via d'uscita, da quell'inghippo scandaloso. Deve per forza acquisire delle certezze!

Chi gliele potrebbe offrire allora, se non Don Pietro o Ugo Poletti?

L'impresa non è per niente semplice, visto il forte dissenso che ha con entrambi. Per fortuna però, già venerdì cinque maggio 1967, Padre Davide si trova nuovamente, previa convocazione di Ugo Poletti, alla Basilica di Sant'Eufemia a Spoleto. Questa volta però, l'incontro avviene con un'atmosfera più conciliante, dal momento che Ugo Poletti, stranamente, con spirito amichevole, non si sottrae dal porgere le dovute scuse. Non manca neppure di rimarcare il forte disagio psicologico che sta attraversando Don Pietro, ovvero, schiavo delle sue consuete manie sessuali, cui non riesce ancora fare fronte.

«Cerca di perdonare e capire, Davide! Pietro è una pecorella smarrita che va aiutata! Va ricondotta piano, piano

all'ovile. Mi confida spesso che, nonostante le sue preghiere e il suo forte impegno a contribuire ad infondere la carità cristiana e a divulgare il Vangelo, Satana tenti continuamente di ostacolare il suo cammino verso la fede in Dio, facendo leva su quei suoi istinti carnali prettamente adolescenziali. Credimi Davide, noto in Pietro, con grande stupore, una forte determinazione a lottare, per devolvere il suo spirito alla castità cristiana, nonostante la sua passione venerea ostenti a cedere, essendo essa ancora attiva più che mai.»
Padre Davide, alquanto perplesso, fatica non poco a trovare un nesso alle parole di Ugo Poletti; tant'è vero, che gli sembrano, più che altro, quelle di una novella evangelica parecchio stonata, equivalente a un groviglio da districare assolutamente, per evidenziarne perlomeno la forte ambiguità.
"Che cosa vuole farmi capire con questa lunga litania? Che devo sorvolare e cercare di porre rimedio, alla vicenda scandalosa fra Don Pietro e Maria? Va bene! Non c'è nessun problema! Bastavano poche parole, per rendere l'idea! L'importante è che si sia reso conto del problema. Quindi basta così! Non mi sembra sia il caso di dover fare ulteriore chiarezza, con ulteriori dettagli. Piuttosto come dovremo regolarci a riguardo? Che strada dovremo intraprendere?"
Come per telepatia Ugo Poletti, riesce a leggere nel pensiero di Padre Davide, anticipandone un'eventuale risposta.
«Sia ben inteso, mi impegnerò pure io, affinché Don Pietro ignori del tutto la storia con Maria. Fidati! Ho già

provveduto in tal senso, diffidandolo! Pertanto puoi già adoperarti, per porre rimedio a quella gravidanza scomoda di Maria e cercare così di portare un po' di pace a quella famiglia. Ovviamente Don Pietro disconoscerà il nascituro e starà lontano da Maria. Fidati di me, Davide! Penserò io a lui!»

Padre Davide, estremamente perplesso da queste parole così appaganti, fatica non poco a risvegliarsi da quell'attimo di trance che lo attanagliava. Di certo, non si aspettava tanto interesse, da parte di Ugo Poletti, verso quella vicenda ignobile di Don Pietro, verso quell'inaspettata gravidanza di Maria. Con grande stupore, non si aspettava neppure un'atmosfera così conciliante e così affabile da parte sua, simile a una dolce melodia rigeneratrice.

Nonostante tutto però, Padre Davide, prima di decidere se iniziare a ravvedersi, da quel giudizio particolarmente ostile, viene colto da una sensazione strana, forse un messaggio sotto forma di sibilo di una sirena, proveniente dal suo inconscio, che gli permette di destarlo e di riprendere posizione, reclamando ulteriori certezze e richieste.

Intanto però, attraverso la porta socchiusa, dalla penombra della stanza, uno sguardo attento segue la discussione dei due. Nonostante le condizioni di luce pessime, non si può non scorgere la benché esigua porzione della sagoma, di chi sta origliando.

Non c'è alcun dubbio, è Don Pietro!

Che ci fa qui, in gran segreto, nell'alloggio di Ugo Poletti? Tutti e due, stavano per caso consumando qualche intimità proibita, prima dell'arrivo di Padre Davide? Oppure

Ugo Poletti gli stava per imporre delle disposizioni severe?

In verità stavano effettuando entrambi le cose: dalla camera, prima dell'arrivo di Padre Davide, si udivano ansimi svenevoli, alternati da urla ingiuriose di rimprovero, ovviamente da parte di Ugo Poletti.

«Senti Pietro! Te la devi finire di tenere i piedi fra due sponde. Devi assolutamente capire chi sei veramente. Devi interrogare il tuo istinto primitivo. Devi scoprire quali siano le tue vere attitudini sessuali. Ti piacciono le donne? Ti piacciono gli uomini? Devi scoprirlo santiddio! Sono ormai quattordici anni che la passione e l'amore ci tiene legati. Ancora ti lasci trascinare dalle gonnelle delle donne sposate? Che cosa ci troverai in loro! Bah!»

Don Pietro come al solito, per ovviare a queste ordinarie discussioni di gelosia da parte di Ugo Poletti, si finge demoralizzato, cercando di fare leva sulla sua sensibilità e mitigare, o meglio, addolcire la discussione.

«Sì! Hai ragione Ugo! Perdonami! Satana mi perseguita fomentando i miei istinti sessuali, che invadono la mia anima, come una tempesta in pieno oceano. Ugo abbracciami! Non posso fare a meno della tua comprensione! Ti prego toglimi dai guai!»

Non c'è che dire, Don Pietro, con questa commedia particolarmente emotiva, riesce sempre a commuovere il suo compagno intimo Ugo Poletti, che, a sua volta, lo abbraccia con affetto, incoraggiandolo ed accarezzandogli il viso e i capelli.

«Caro Pietro, non devi temere Satana. Io sono qui accanto a te e ti benedico. Dai vieni qui pecorella mia, smarrita.»

Di nuovo, Ugo Poletti lo stringe forte a sé, accarezzandogli nuovamente i capelli e baciandolo dapprima sulla fronte, poi sulle guance.

«Io ti perdono per avere fatto sesso con quella parrocchiana, Maria, ma ti avverto: d'ora in avanti devi fare finta di non averla mai conosciuta. Intesi? Io cercherò di rimettere le cose al proprio posto, magari parlandone pure con il Cardinale Luigi Traglia, da poco divenuto Vicario di Sua Santità. Non temere! Con lui ho un buon rapporto di fiducia, fin da quando collaboravamo con le Pontificie Opere Missionarie, che dirigevo personalmente. Caro Pietro siamo una grande famiglia, o meglio, una grande fratellanza che, seppur operi nell'ombra, è sempre attiva più che mai.»

Ugo Poletti, questa volta però, non si esime dal baciare sulle labbra Don Pietro, con passione.

«Dimmi Pietro: sei il mio compagno o no?»

Don Pietro, nonostante abbia un'espressione alquanto stravolta, con spirito di rigetto riesce ad adagiarsi ugualmente sulle gambe del vescovo, confermando la loro unione sentimentale.

«Caro Ugo sei il mio angelo custode! Come potrei vivere senza di te?»

Di conseguenza Ugo Poletti, stringendo con forza i capelli di Don Pietro, gli detta delle imposizioni da seguire alla lettera.

«D'accordo! Allora ubbidisci ai miei comandi e non avrai nulla da temere. Sei ancora un monello che deve essere raddrizzato. Ripeto, per quel che riguarda la vicenda con

Maria appianerò tutto, ma tu devi stare alla larga dalla parrocchia di Padre Davide e dalla sua parrocchiana Maria. Siamo intesi?»

Non c'è che dire, Ugo Poletti, pur di smuovere i vertici della Santa Sede, è deciso a circoscrivere al più presto l'indecorosa vicenda fra Don Pietro e Maria. Ovvero, uno scandalo che deve essere tamponato, o meglio, sigillato per sempre a tutti i costi, ricorrendo, se si dovesse rendesse necessario, a metodi poco convenevoli, magari servendosi, come estremo rimedio, della criminalità organizzata. Infatti, questa vicenda sessuale intercorsa, da cui ne è scaturita la maternità di Maria, fra l'altro, consumata nell'ambito dello Stato Vaticano, se venisse alla luce, corrisponderebbe ad una bomba mediatica difficile da contenere. La sua deflagrazione, graverebbe sicuramente sulla credibilità della Santa Chiesa, distruggendo quella sua immagine candida pura, tanto cara a chi si cela nei suoi sotterranei, o meglio, alla Massoneria Clericale, punto cardine di interazione sui grandi loschi affari nel mondo economico, politico, governativo. Pertanto il frutto di quel coito, relativo a quell'episodio sessuale consumato fra Don Pietro e Maria, nonostante possa apparire insignificante, in realtà costituisce e costituirà sempre un'incognita pericolosa, per quell'impalcatura affaristica mondiale, su cui interagisce segretamente la Santa Sede.

Quell'incontro rassicurante di Ugo Poletti, nell'immediato, non persuade del tutto Padre Davide, dal momento che viene assalito nuovamente da forti dubbi.

"Le misure dettate da Ugo Poletti nei confronti di Don Pietro potranno realmente attuarsi? Don Pietro riuscirà veramente a disconoscere il futuro nascituro che Maria porta in grembo? Se sì, fino a quando?"

Lo stato di inquietudine di Padre Davide, ovviamente non passa inosservato, visto che un gesto consolatore di Ugo Poletti, non manca di manifestargli ulteriori garanzie.

«Davide devi fidarti di me! Ripeto! Pietro non sarà più un problema! Finché avrò vita, la tua parrocchiana e la prole che porta in grembo sarà al sicuro. Inoltre, mi adopererò affinché al futuro nascituro non possa mancare nulla. Cercherò di inoltrare alla famiglia, ovviamente nell'anonimato, un contributo mensile, a titolo di risarcimento. Tutto ciò che esigo in cambio, è una totale riservatezza da parte tua e sua. Ripeto! A Don Pietro penserò io! Rassicura pure Maria! Mi puoi dare questa certezza?»

Nonostante l'atteggiamento vendicativo di Padre Davide, che si auspicava un'azione disciplinare perentoria, da adottare nei confronti di Don Pietro, ora invece si mostra più accomodante, grazie all'inaspettata remissività di Ugo Poletti.

«D'accordo! Io farò in modo che questo increscioso episodio non sia mai esistito. Ne parlerò oggi stesso a Maria! Spero con tutto il cuore di non pentirmene amaramente e di offrire la vera pace e serenità a quella famiglia.»

Il consueto sorriso sornione, di Ugo Poletti, tanto detestato da Padre Davide, per fortuna è privo di mordente, lasciando quindi campo libero a questa intesa.

Capitolo 8

... "Come si può pretendere, da una donna sposata, come Maria, di mentire al proprio marito? In che modo potrebbe vedere crescere la sua creatura, sapendo che è stata concepita a causa di un adulterio e per di più con un prete? In futuro, come potrebbe giustificarsi con quella creatura, per averle tenuto nascosto il padre naturale? Infine, se il marito Ercole, un domani, scoprisse l'inganno, come reagirebbe?»
I dilemmi sono tanti, ma il presente non aspetta, pertanto Padre Davide dovrà necessariamente, volente o nolente, concentrarsi sul discorso rasserenante e motivante da fare a Maria, affinché cambi idea sulla sua drastica decisione di abortire...

Per Padre Davide Falcioni, l'incontro che dovrà avere con la sua parrocchiana Maria, si preannuncia un'impresa non di poco conto: si deve caricare di una responsabilità non indifferente al cospetto di una famiglia in crisi, dovuto per l'appunto a quella sua scomoda gravidanza.
È la mattina di lunedì otto maggio 1967 Padre Davide, inginocchiato sulla panca di fronte all'altare, è intento a

tuffarsi a capofitto nelle profondità più estreme del suo spirito, alla ricerca, tramite la sua forte fede religiosa, di un benché piccolo raggio di luce che possa illuminargli il giusto cammino da perseguire. Non può assolutamente esimersi, dall'offrire delle certezze alla famiglia di Maria ed Ercole. Nello stesso tempo, deve pure essere pronto ad accettare qualsiasi incognita gravosa che, eventualmente, dovesse capitare al nascituro, nell'arco della sua vita. Senza contare poi quel patto imprescindibile, pattuito con Ugo Poletti, che va assolto immancabilmente.
Nonostante le sue preghiere rivolte a cuore aperto al crocifisso, rimane sguarnito di soluzioni appropriate, per fronteggiare quell'ambiguità che tanto lo ossessiona.
"Come si può pretendere, da una donna sposata, come Maria, di mentire al proprio marito? In che modo potrebbe vedere crescere la sua creatura, sapendo che è stata concepita a causa di un adulterio e per di più con un prete? In futuro, come potrebbe giustificarsi con quella creatura, per averle tenuto nascosto il padre naturale? Infine, se il marito Ercole, un domani, scoprisse l'inganno, come reagirebbe?»
I dilemmi sono tanti, ma il presente non aspetta, pertanto Padre Davide dovrà necessariamente, volente o nolente, concentrarsi sul discorso rasserenante e motivante da fare a Maria, affinché cambi idea sulla sua drastica decisione di abortire.
È il pomeriggio di mercoledì dieci maggio 1967, Maria e Padre Davide, stanno conversando, in forma strettamente riservata, seduti sul canapè, della canonica della chiesa di Sant'Anna. Lei è particolarmente sconvolta,

tanto da non riuscire a trattenere le lacrime, che, scendendo sul viso, marcano di nero quegli zigomi arrossati e lucidi.

Sebbene i gesti consolatori di Padre Davide tentino di offrire sollievo, Maria è talmente angosciata, da sentirsi come fosse in bilico su un abisso interminabile, pronto ad inghiottirla definitivamente. La sua situazione esistenziale attuale, che gravita attorno a questa gravidanza estremamente scomoda, non le dà pace. L'ansia, dovuta al profondo senso di colpa, che la opprime da parecchi giorni, sta diventando davvero insopportabile. Le toglie il respiro, fino a procurarle un'asma incontenibile. Quel rigetto che nutre verso il nascituro, che tiene in grembo, frutto di quella sciagurata vicenda, continua a perseverare incontrastato. Nulla può fare la sua forte devozione religiosa, per dissuaderla dall'intraprendere una conclusione affrettata, oltre che azzardata.

Maria è praticamente combattuta: aborto o non aborto?

Per lei è una decisione davvero difficile da definire, se non fosse per la mediazione, o meglio, l'intervento propiziatorio di Padre Davide.

Riusciranno le sue parole rassicuranti a prendere il sopravvento?

L'unico elemento a disposizioni, per ora, su cui Padre Davide può affidarsi, per scongiurare un'eventuale ingerenza di Don Pietro, sono le rassicurazioni di Ugo Poletti.

Però come potranno esse da sole, offrire una garanzia certa, per tutto il decorso della vita futura del nascituro?

Esse riusciranno poi a tenere celato il vero padre naturale, in eterno?

No di certo! Quell'inganno, a lungo andare, potrebbe suscitare delle amare sorprese, particolarmente dolorose, scomode ed intricate.
Di questo Padre Davide ne è consapevole.
Ma a quale altro appiglio potrebbe mai aggrapparsi?
La situazione purtroppo urge a tal punto, da dover convergere per forza al male minore: l'ipocrisia. D'altro canto, essendo parecchio devoto ai principi religiosi, non sopporta proprio l'idea di rimanere impassibile, o peggio, complice di un potenziale aborto.
A questo incontro, nonostante la costernazione di Maria, Padre Davide si mostra alquanto autorevole, raccomandandole tassativamente una traccia dettagliata, su cui deve attenersi.
«Maria, ormai non ci sono più i margini per meditare, per convincersi e piangersi addosso. Devi seguire la strada più ragionevole che ti si pone davanti. Devi assolutamente portare a termine la gravidanza. La vita è sacra, appartiene a Dio, non è uno scherzo del destino. Non si può impedire ad una vita innocente di sgorgare, solo per opportunismo, illudendosi di sotterrare un adulterio. Devi prenderti le tue responsabilità, portandoti a presso il dolore del peccato.»
Maria, alzando però quei suoi occhi intrisi di lacrime, sempre più preoccupata che mai, per le eventuali incognite che potrebbero sorgere in futuro, contesta duramente le disposizioni impartitele.
«Dovrei quindi mentire a mio marito Ercole, attribuendogli il merito di questo bambino che porto in grembo? È così? Si dice che le menzogne abbiano le gambe corte, in

attesa che, prima o poi, la verità possa emergere, chiedendo un conto salato. Oh Dio, che male mi potrebbe succedere in futuro?»

Un po' spiazzato, Padre Davide non gli rimane altro da fare che appellarsi alla provvidenza divina.

«Non ci si può permettere di sporcare la Casa di Dio, scaricando su di essa i propri errori. Maria bada bene: devi sempre tutelare l'indiscussa rispettabilità della Santa Chiesa, anche a costo di dover perdere ciò che hai di più caro al mondo. Non dimentichiamo che Abramo mise a disposizione suo figlio Isacco, a costo di perderlo. Questo significa vera fede in Dio! Ripeto! La Santa Chiesa è l'organizzazione di Dio e noi, piccole creature, abbiamo l'obbligo di sacrificare tutto ciò che essa ci chiede, per tutelare la sua integrità cristiana. È un dovere pure verso il prossimo! Pertanto mentire per Dio e la Santa Chiesa non è peccato.»

Di nuovo Maria scoppia in lacrime. Come di consueto Padre Davide la stringe a sé, prima di continuare ad impartirle dei consigli, che sanno più che altro di obblighi, da seguire alla lettera.

«Maria ascoltami con molta attenzione! Devi assolutamente dimenticare la vicenda con Don Pietro. Anzi devi fare finta di non averlo mai conosciuto. Lo devi fare, prima di tutto, per il buon nome della Santa Chiesa e pure per tuo marito Ercole e la tua famiglia.»

Improvvisamente, Maria, parecchio esterrefatta e disorientata da queste affermazioni così equivoche, osserva Padre Davide con un'aria particolarmente sospetta.

«Padre Davide perché mi dice queste cose? Lei non mi ha

sempre insegnato che la menzogna è sempre sgradita agli occhi di Dio? Lei, come ministro della Chiesa, come può spingermi a mentire? Perché mi chiede di ingannare mio marito e i miei figli? Questo mi farebbe sentire ancora più sporca! Lo vuole capire o no?»

Padre Davide a costo di usare parole dure ed incisive, con un atteggiamento autoritario, intima nuovamente Maria di tacere, di ubbidire e di portare sempre rispetto ad un ministro della Santa Chiesa.

«Taci Maria! Taci Maria! Sii umile davanti ad un servo del Signore! Come osi contraddirmi qui, nella Casa di Dio? Non hai afferrato nulla di ciò che ti ho detto poc'anzi? Ti ho detto che non vanno mai messe in discussioni le disposizioni della Santa Chiesa e dei suoi ministri. Pertanto, per il bene di tutti, io, come tuo parroco, ti esorto ad ascoltarmi ed ubbidirmi. Devi portare avanti la gravidanza! Devi ripetere sempre a te stessa, fino all'infinito: il bambino che porto in grembo è il frutto mio e di mio marito, fra me e Don Pietro non c'è mai stato nulla. D'accordo?»

Come possono non cogliere nel segno queste parole, espresse con profonda eloquenza?

Per Maria è stato un vero shock! Non aveva mai visto Padre Davide con un atteggiamento cosi glaciale. Lei ne rimane talmente intimidita da precluderle qualsiasi replica, riuscendo a malapena ad esprimersi, con un gesto di assenso.

Maria da buona osservante religiosa, con una forte devozione, per nulla al mondo si permetterebbe di contraddire un ministro della Santa Chiesa, poiché equivarrebbe ad un affronto a Dio. L'esempio della Bibbia che Padre Davide le ha citato, ovvero quello della disponibilità di Abramo a sacrificare il proprio figlio, per il volere di Dio, la rende ancor più vulnerabile alle eventuali imposizioni, seppur innaturali, che dovesse ricevere dalla Santa Chiesa.

Padre Davide, d'altro canto, non è sua consuetudine avere un atteggiamento così rigido, ma deve a tutti i costi avere la situazione sotto controllo al più presto, soprattutto per rispettare l'accordo definito con Ugo Poletti, previa diffida a Don Pietro, a ignorare per sempre Maria e la sua gravidanza. Poi, perché no, pure per spirito di presunzione, avendo saputo del coinvolgimento segreto del Vicario generale di Sua Santità Luigi Traglia, per offrire un eventuale contributo, sotto tutti gli aspetti, al futuro nascituro di Maria: figlio o figlia che sia del Vaticano.

Non è un caso quindi che Padre Davide, in merito a queste rassicurazioni da parte di Ugo Poletti, si senta particolarmente soddisfatto e tranquillo.

Il compito di Padre Davide non è dei più semplici, ma conoscendo molto bene il lato esistenziale di Maria e del marito Ercole, sa bene come tenere la situazione sotto controllo.

Capitolo 9

... A Luigi Traglia, questa iniziativa presa, senza essere stato prima contemplato, non va proprio giù, anzi lo manda a dir poco in bestia, ma poi, consapevole degli ostacoli insidiosi che il caso possa comportare, accetta, ponendo però delle condizioni, cui, volente o nolente, dovranno tutti quanti gli interessati sostenere.
«Va bene! Va bene! Intendo fidarmi! Però a una condizione: se nel corso degli anni, questo figlio o figlia che sia, dovesse, in un certo modo, costituire un pericolo mediatico, dovremo intervenire tempestivamente, pure con misure estreme. Mi sono spiegato bene?» ...

L'incontro fra il Vescovo Ugo Poletti, e il Vicario Generale di Sua Santità Luigi Traglia, avviene, com'era presumibile che fosse, in forma del tutto riservata e anonima, alla Basilica di Sant'Eufemia a Spoleto, la mattina di martedì ventitré maggio 1967, davanti a una tazza di tè.
L'atmosfera che serpeggia non è delle migliori, considerando il grattacapo nei confronti di una vicenda sessuale

che sembra si stia configurando parecchio insidiosa e delicata, soprattutto per la sua esponenziale pericolosità, per quel che concerne la seria minaccia di un eventuale scandalo.

Con un tono acceso e preoccupato, Luigi Traglia, senza mezzi termini, esige, a tutti i costi, prendere il controllo assoluto del problema.

«Esigo subito i nomi di tutte persone coinvolte, in questo stupido scandalo, di questa famigerata gravidanza!»

Ugo Poletti conosce bene Luigi Traglia, dal momento che, essendo un vecchio amico di famiglia, fu colui che lo spinse a intraprendere la vita pastorale, sin da quando era ragazzo. Fra loro esiste sempre un rapporto particolarmente affettivo, infatti per Luigi Traglia, Ugo Poletti rimane ancora un ragazzo bisognoso di una guida. Non è un caso quindi che si rivolga a lui con un atteggiamento di rimprovero, davanti a una questione così delicata.

«Sei stupito veramente o lo fai? Ti rendi conto di avere perso tempo? Dobbiamo agire in fretta, per arginare eventuali falle che possano, in qualche modo, scaturire da questo scandalo. Io voglio un solco invalicabile attorno a questa vicenda, a costo di usare metodi dissuasivi straordinari ed incisivi. Avanti parlami delle persone coinvolte!»

Ugo Poletti non se l'aspettava proprio tanto accanimento da Luigi Traglia, tant'è vero che, alquanto intimidito, riesce solo a fare i nomi dei diretti interessati, senza aggiungere altro.

«I diretti interessati, come ti ho già accennato, sono Maria Pezzano, moglie di Ercole Orlandi, messo della Prefettura della Casa Pontificia e Don Pietro Vergari, addetto alla

Segreteria del Concilio Ecumenico del Vaticano, poi a parte il parroco di Sant'Anna, Padre Davide Falcioni, nessuno dovrebbe esserne al corrente.»

Luigi Traglia, seguendo con attenzione le parole di Ugo Poletti, sempre con spirito inquisitorio, prova ancora a rimarcare la gravità della situazione, impartendo delle disposizioni tassative da ottemperare urgentemente.

«Dici "dovrebbe"! Che significa questo condizionale? Dovrebbe non è certezza Ugo! Stai asserendo che nessun altro dovrebbe essere al corrente, di questa vicenda sessuale? Quindi, ne deduco che tu non sia sicuro di questo! Come puoi non offrirmi delle certezze, a fronte di un pericolo mediatico così reale e imminente? Ti pare che questo sia un gioco? Accertati subito! Convoca immediatamente Padre Davide Falcioni! Poi fammi sapere subito, santiddio! Dobbiamo capire subito se sia il caso di procurare a questa Maria un aborto clandestino.»

Ugo Poletti, sentendo il termine "aborto", interrompe immediatamente la conversazione, spiegando, senza mezzi termini, l'inattuabilità di questa pratica.

«Impossibile attuare l'aborto! L'integrità morale e cristiana di Padre Davide non lo permetterebbe mai e poi mai. Per me è stata già una grossa impresa costringerlo a venire a patti. In pratica mi ha dato la sua parola che si sarebbe adoperato, affinché Maria accettasse l'idea di attribuire la gravidanza a suo marito Ercole e tenesse segreto l'episodio sessuale consumato con Don Pietro, finché avrà vita. Puoi stare sicuro di questo! Padre Davide è uno spirito integro e ogni sua promessa è da considerarla già compiuta.»

A Luigi Traglia, questa iniziativa presa, senza essere stato prima contemplato, non va proprio giù, anzi lo manda a dir poco in bestia, ma poi, consapevole degli ostacoli insidiosi che il caso possa comportare, accetta, ponendo però delle condizioni, cui, volente o nolente, dovranno tutti quanti gli interessati sostenere.
«Va bene! Va bene! Intendo fidarmi! Però a una condizione: se nel corso degli anni, questo figlio o figlia che sia, dovesse, in un certo modo, costituire un pericolo mediatico, dovremo intervenire tempestivamente, pure con misure estreme. Mi sono spiegato bene?»
Poi, notando Ugo Poletti particolarmente assente, Luigi Traglia, con uno sguardo arcigno, non si sottrae dal pungolarlo ulteriormente, lasciandosi sfuggire pure qualche espressione irrispettosa.
«Mi stai ascoltando? Oh sveglia! Ti sei rimbecillito?»
In preda ad un attimo di sconforto, per questa ignobile vicenda sessuale, che coinvolge il suo benamato Don Pietro, lo rende improvvisamente assente.
«Oh! Chiedo scusa, ma ero in balia di qualche assillo opprimente.»
Luigi Traglia, conoscendo il dilemma che tormenta Ugo Poletti, non vuole mettere ulteriore scompiglio al caso in questione.
«Tranquillo! Tranquillo Ugo! Capisco bene il tuo forte attaccamento passionale nei confronti di Don Pietro Vergari; in fondo pure il nostro attuale Papa Paolo VI, quando era Giovanni Montini, arcivescovo di Milano, iniziò un'amorevole relazione con l'attore romagnolo Paolo Carlini, che fra l'altro continua tutt'ora, ovviamente in

forma strettamente riservata. Secondo te, quanto potrà durare questa segretezza? Pure questa insidia, ai piani alti della nostra congrega segreta clericale, la considerano una mina oltremodo vagante, che va tenuta costantemente sotto controllo. Ti assicuro che, all'occorrenza, è già pronto un piano per togliere dal mondo tutti e due.»

Ugo Poletti, preso da un attacco improvviso d'ansia, interrompe la conversazione, per espellere l'accumulo di tossine nevrasteniche, dovute, per l'appunto, a questa storia sentimentale, che ha con Don Pietro.

«Sì, hai detto bene! Don Pietro è una parte importante della mia vita. Non posso permettermi di perderlo! Credimi a volte ho fatto l'impossibile, per coprire gli scandali delle sue manie sessuali, nei confronti delle parrocchiane sposate. Come tu sai, quando ancora ero Vicario della diocesi di Novara, ho persino coinvolto l'amministrazione della Santa Sede, per offrirgli un posto in Vaticano, per allontanarlo dalle parrocchie. A quanto vedo però, non è servito a nulla.»

Approfittando di un momento di raccoglimento, dovuto all'inasprimento dello stato di tensione, Luigi Traglia ne approfitta per rimarcare a Ugo Poletti, un altro caso di una gravidanza, ancora in bilico del passato, parecchio imbarazzante, frutto sempre di una evasione sessuale di Don Pietro, quando ancora era seminarista.

«A proposito Ugo, Renatino, per meglio dire, Enrico De Pedis, l'altro figlio segreto, o meglio, l'altro frutto dei desideri proibiti di Don Pietro Vergari, che vita conduce? Ormai dovrebbe avere già tredici anni! Giusto?»

Questa ennesima provocazione di sottofondo di Luigi

Traglia, per un attimo sembra non trovare nessuna presa su Ugo Poletti, essendo questa volta pronto a ribattere, in maniera alquanto disinvolta, cercando di scagionare il suo amato Don Pietro, da quella lontana vicenda.

«Non è già una vicenda chiusa e sepolta questa? Voglio precisare che, all'epoca dei fatti, Don Pietro era ancora seminarista, un ragazzo insomma. Fra l'altro, fu anche colpa mia se conobbe Miriam, soprannominata Mirella, quella ragazza di diciott'anni, quell'artista di strada, che, per sbarcare il lunario, si prostituiva con gli artisti che frequentavano l'Osteria Fratelli Menghi e il Bar Canova. Mi riferisco al mese successivo di quell'agosto del 1953, quando Pietro mi accompagnò a Roma, ai funerali di Don Francesco Casa, missionario in Sud America, dedito alle Opere Orioniche, che casualmente conobbi in occasione di un viaggio a Torino nel 1938, ovvero, alcuni giorni dopo che mi ordinassero sacerdote.»

Riguardo proprio a quell'episodio indecente, intercorso nel settembre del 1953, Luigi Traglia non ha la benché minima intenzione di placare il suo biasimo; ribatte duramente, rimarcando il suo provvidenziale apporto, per avere scongiurato un eventuale scandalo, non tanto per quella vicenda sessuale di quella prostituta, consumata con Pietro Vergari, all'epoca seminarista, quanto per il legame proibito intimo che Ugo Poletti aveva già con lui. Infatti fu grazie alla posizione di prestigio che Luigi Traglia, allora cardinale, occupava vicino al Vicario di Roma Clemente, che riuscì ad occultare quella vergogna.

«Non mi stancherò mai di ripeterlo! Don Pietro equivale a una macchia nera da eliminare per sempre, sia per la salute della Santa Chiesa, sia per il bene della nostra associazione segreta. Lui, con quelle sua manie sessuali da pervertito, procura continuamente guai. Spesso mi chiedo perché continuiamo ancora ad assecondarlo. Per favore Ugo risparmiami quelle languide e patetiche commiserazioni nei suoi confronti. Lo so! Sei legato a lui da un tenero amore! Questo però, ti sembra che sia una giustificazione valida, per rischiare di minare la rispettabilità del Vaticano, della Santa Chiesa? Per via di quell'episodio sessuale del passato di Pietro Vergari, continuiamo, segretamente, a garantire un assegno mensile a quell'Antonio De Pedis, che fa da padre a Enrico, e a quelle due amiche prostitute, amiche della defunta Miriam, che gli stanno vicino. Ora dovremmo fare lo stesso per quella Maria e il suo futuro nascituro? Certo! Poiché non esiste un'alternativa! Magari con dei bonus premio erogati mensilmente, attraverso lo stipendio del marito Ercole, il quale lavora come impiegato alla Segreteria della Santa Sede. Non è così?»

La riprensione verso Ugo Poletti continua ad oltranza: Luigi Traglia, ancora non ha la benché minima intenzione di allentare l'accanimento verso di lui. A questo punto, l'unico appiglio, su cui Ugo Poletti può aggrapparsi, è quello economico.

«Voglio però precisare che, buona parte di quell'apporto finanziario erogato mensilmente, appartiene a me e a Don Pietro; pertanto, almeno in questo, vorrei che voi tutti foste un po' più tolleranti, nei suoi riguardi. Poi ribadisco nuovamente: il rischio che Don Pietro possa essere una mina vagante, dovrebbe rappresentare una ragione in più per tenerlo vicino, o meglio, sott'occhio, per scongiurare che possa commettere delle ulteriori pecche, nuocendo, in particolar modo, agli interessi della nostra fratellanza segreta ecclesiastica, oltre che, ovviamente, fare del male a sé stesso.»

Si sta facendo tardi, la conversazione, protraendosi all'infinito, sta rischiando di suscitare ostilità fra i due, ragion per cui Luigi Traglia, cerca di chiudere l'incontro, lanciando un ultimo duro monito.

«Senti Ugo, te lo dico papale, papale: sono parecchio scettico sulla linea che tu e Padre Davide Falcioni intendete percorrere. In questo contesto, io sono sicuro che la riservatezza verrà minata durante la crescita del futuro nascituro di Maria. Infatti, tutti sanno che, a un certo punto della vita, la propensione dei figli, a volere scoprire a tutti i costi la verità, sui loro genitori naturali, è scontato, in particolar modo durante l'adolescenza. Ciò contribuirà ovviamente a far riemergere le stesse problematiche, ancor più spinose che mai, ed allora non vorrei essere nei tuoi panni per risolverli. Capisci cosa intendo dire?»

Visto la titubanza di Ugo Poletti a rispondere, poiché è intento a leggere dei documenti, riguardanti il resoconto di tutte le spese economiche affrontate, per tamponare i danni d'immagine provocate dai frutti delle suddette vicende sessuali di Don Pietro, Luigi Traglia continua nel suo discorso disfattistico.

«Comunque ne parlerò pure con Don Pasquale Macchi, il segretario personale di Paolo VI, che, avendo lavorato per lui, sin da quando ancora era Arcivescovo di Milano Giovanni Battista Montini, sono molto intimi. Poi volendo, posso pure affidarmi all'esperienza del Cardinal Paul Casimir Marcinkus, essendo già tornato dall'America, pure lui parecchio legato al Papa. Queste sono le uniche figure estremamente capaci, di cui ci si può fidare, essendo loro parte integrante della nostra confraternita massonica segreta. Sono veramente adatti, per questo genere di problematiche così gravose. Non dobbiamo trovarci impreparati! Dobbiamo subito tracciare una linea da seguire, per un'eventuale insidia che si dovesse prospettare in futuro. Devi capire Ugo che, davanti a queste incognite così invasive, non si deve sgarrare. Lo devi fare presente pure al parroco di Sant'Anna, Padre Davide Falcioni. A lungo andare, la probabilità che possa succedere qualcosa di spiacevole al futuro nascituro di Maria è reale. Ripeto! Parlane con lui e fammi sapere! Soprattutto tienimi al corrente di ogni dettaglio.»

Ugo Poletti, a quest'incontro con il Vicario Generale di Sua Santità Luigi Traglia, nonostante alcune divergenze, rimane, tutto sommato, soddisfatto di avere coinvolto l'associazione massonica, il Potere Occulto della Santa Sede, di cui pure lui, ovviamente, è parte integrante.

Arrivato a questo punto quindi, non gli rimane altro da fare che convocare nuovamente Padre Davide, per avere un rapporto dettagliato, sull'incontro con Maria, esigendo, come da accordi, una relazione rigorosa sulle sue intenzioni, oltre che, ovviamente, sullo stato psicologico attuale della famiglia. Se così non fosse, avrebbe modo di sfogare tutta la sua irascibilità pregressa, visto che ora può contare sul sostegno delle belve feroci del suddetto Potere Occulto della Santa Sede.

Tutto è andato bene però! Padre Davide non ha nulla di cui giustificarsi. I compiti assegnatagli, sono andati a buon fine. Dal colloquio persuasivo avuto con Maria si è aperto uno spiraglio positivo, in fase di approfondimento, dal quale tutto sembra orientarsi verso la quiete e la normalità. Infatti Maria, estremamente fiduciosa, ha recepito perfettamente il concetto, allontanando qualsiasi scetticismo nel portare avanti la gravidanza, come se nulla di grave ed insolito fosse successo. In pratica ora è decisamente disponibile, per il buon nome della Santa Chiesa, a mentire a sé stessa ed al proprio coniuge, accreditandogli il frutto del bebè che tiene in grembo. Di conseguenza, è pure determinata a rinchiudere per sempre, negli abissi del suo inconscio, quell'episodio intimo, parecchio spinoso e catastrofico, avuto con Don Pietro Vergari.

L'unico enigma rimasto da chiarire, è l'eventuale l'inclinazione di Don Pietro, che ha un valore cruciale, su tutta la macchinazione messa in campo fino ad ora, ma su questo Padre Davide non ha alcuna autorevolezza, essendo completamente a carico di Ugo Poletti, che assicura di aver già risolto tutto precedentemente.

Capitolo 10

. . . «Non sono stato abbastanza persuasivo, la volta scorsa? Eppure penso di essere stato molto chiaro! Don Pietro disconoscerà tutto l'accaduto, compreso, ovviamente, il frutto della loro scappatella passionale. Per caso metti in dubbio la mia parola? Tu, come parroco, pensa solo ad eseguire, con accuratezza, ciò che ti viene impartito, per il bene della tua parrocchia, al resto pensiamo noi che siamo i tuoi superiori.» . . .

Su esortazione del Vicario Generale di Sua Santità, Luigi Traglia, due giorni dopo, ovvero, giovedì venticinque maggio 1967, il Vescovo Ugo Poletti, previa convocazione, incontra nuovamente Padre Davide Falcioni, ma, visto il primitivo antagonismo convulso, ora più che mai, sembra profilarsi uno scontro parecchio pungente.
A quell'incontro segreto, i due, chiusi in una stanza, si osservano con degli sguardi decisamente arcigni, come fosse un duello all'ultimo sangue, in attesa che l'avversario mostri il suo lato debole, ovvero, l'incapacità di non essere stato all'altezza della situazione, di non essere cioè stato in grado di assolvere l'accordo pattuito precedentemente.

Ugo Poletti apre prepotentemente con un'affermazione, dal sapore inquisitorio.

«Ora non darmi delle cattive notizie, Davide! Non dirmi che non hai risolto il problema di Maria!»

Padre Davide sicuro di sé, con un atteggiamento spiccatamente freddo e, nello stesso tempo, ironico, non si esime dal prendere subito la parola, però non tanto per soddisfare la curiosità dell'interlocutore, ma bensì per avere delle reali certezze, riguardo a Don Pietro.

«Desidererei prima avere, eminenza, se non le dispiace, delle rassicurazioni sulle reali intenzioni di Don Pietro Vergari. Tengo molto alla serenità della mia parrocchiana Maria. Non vorrei deluderla!»

Non c'è che dire, Ugo Poletti è messo all'angolo! Deve per forza, a questo punto, soddisfare la premura del parroco.

«Non sono stato abbastanza persuasivo, la volta scorsa? Eppure penso di essere stato molto chiaro! Don Pietro disconoscerà tutto l'accaduto, compreso, ovviamente, il frutto della loro scappatella passionale. Per caso metti in dubbio la mia parola? Tu, come parroco, pensa solo ad eseguire, con accuratezza, ciò che ti viene impartito, per il bene della tua parrocchia, al resto pensiamo noi che siamo i tuoi superiori.»

Non è un caso se Padre Davide, prima di offrire a Ugo Poletti, il resoconto dettagliato dell'incontro avuto con Maria, ne approfitti per biasimarlo, aggrappandosi a un banale particolare etico-religioso. Infatti, l'efferata suscettibilità di Padre Davide, per non aver digerito la presunzione di Ugo Poletti, è sempre alla ricerca di una qualsiasi

pecca, benché effimera, da ribattere a gran voce.
«Eminenza, vorrei precisare che di fronte a Dio, non esistono superiori, ma solo servi degli ultimi. Ad ogni modo, mi rimetto nelle sue mani, rassicurandola. È tutto a posto! La mia parrocchiana, Maria, si è persuasa a voler dimenticare e a sotterrare completamente l'incidente di percorso della sua vita, avuta con Don Pietro Vergari, decidendo, nonostante i sensi di colpa, di mantenere, finché avrà vita, il segreto impostogli e di attribuire al marito Ercole il frutto del bimbo che porta in grembo. Ovviamente, non si può sapere che cosa possa riservarci poi il futuro, dato che, gli inconvenienti di percorso, sono sempre dietro l'angolo. Su questo però, ci si può sempre rivolgere al Signore, con la purezza del proprio cuore.»
Padre Davide, mentre pronuncia queste ultime parole, "la purezza del proprio cuore", con le braccia aperte rivolte verso l'alto, un sorriso sornione gli scaturisce improvvisamente dalle sue labbra, difficile da camuffare.
Questo atteggiamento allusivo, oltre che beffardo, di Padre Davide, come può non irritare Ugo Poletti?
Infatti la sua suscettibilità non si fa attendere, visto il modo con cui ammonisce Padre Davide, intimandolo a non oltrepassare il limite dell'insolenza.
«Davide, fai attenzione a come parli, poiché, questo tuo atteggiamento irrispettoso, potrebbe nuocerti gravemente. Dopodomani mi nominano Arcivescovo di Spoleto, pertanto, come giusto che sia, tu come parroco, mi devi potare rispetto. Hai capito bene! Rispetto! Non lo dimenticare mai!»
Lo spirito antagonista del parroco, non si ferma qui, tant'è

vero che, con ulteriore sarcasmo, rispedisce al mittente le suddette intimidazioni.
«Lei, eminenza, futuro Arcivescovo di Spoleto, si riferisce per caso ad un eventuale mio trasferimento, giusto? Non penso però che a voi della congrega, o meglio, di quella setta sotterranea affaristica, convenga trasferirmi, poiché questa scellerata macchinazione che avete messo in piedi, per mantenere l'integrità morale cristiana di tutti voi e della Santa Chiesa, ha la possibilità di tenersi in piedi grazie al mio apporto. Prego Dio di perdonarmi, per essere parte integrante di questa ambiguità disgustosa, ma, come ho già affermato precedentemente, ho accettato di assecondare il vostro sporco intrigo, solo per cercare di ridare pace e serenità a quella benedetta famiglia, sfregiata da un'irresponsabile servitore di Dio. Ammettetelo, serpi velenose! In tutta questa storia, avete un dannato bisogno di me, come dell'aria che respirate. Le vostre provocazioni non mi fanno per niente paura. Comunque, potete stare tranquilli, io gli impegni li mantengo e vi dico con certezza che non trapelerà mai nulla dalla bocca della mia parrocchiana. Conosco bene quella donna: la sua devozione alla Santa Chiesa è totale, pertanto la riservatezza è sicura, sarà garantita fino alla fine dei suoi giorni.»
Non c'è che dire, Ugo Poletti, a fronte di questo ennesimo dissenso, si trova veramente disorientato, tant'è vero che cerca di svincolarsi, disimpegnandosi con le solite raccomandazioni.
«Bene, spero che sia come tu dici! Che questa certezza duri per sempre! Maria deve dimenticarsi dell'episodio avuto con Don Pietro. Deve condurre la sua vita normale

in famiglia. Questo è fondamentale! È un bene per tutti noi e soprattutto per la Santa Chiesa. Poi, è sempre gratificante sapere che in una famiglia, dopo una crisi di percorso, continui a prevalere la serenità. Pertanto, come parroco, hai il dovere morale di vegliare su di loro, affinché tutto proceda normalmente, come se finora nulla di strano fosse successo. Ripeto, fino allo sfinimento! Assicurati sempre che la tua parrocchiana continui a tenere la bocca chiusa. È di vitale importanza tenere segregato questo scandalo, affinché, come dici pure tu, si possa garantire sempre la giusta serenità a quella famiglia.»
Nonostante Ugo Poletti e Padre Davide, siano riusciti a tamponare la falla di quell'increscioso episodio sessuale, intercorso tra Maria e Don Pietro, lo scetticismo continua a mordere negli angoli più sconfinati degli animi, di chi, dall'ombra dei piani alti della Santa Sede, analizza con apprensione il suddetto scandalo. In un certo senso l'incertezza non preclude affatto l'idea di escogitare, anticipatamente, una scappatoia, legato a un piano estremo segreto, per tamponare eventualmente delle fughe di notizie riservate. In sintesi, sono particolarmente attenti e preoccupati per la gravidanza di Maria; tant'è vero che, secondo una loro attenta analisi, è molto probabile che il nascituro, durante la sua crescita, possa divenire, nel corso degli anni, una mina vagante, pronta ad una deflagrazione incontrollabile. Ad ogni modo questa incognita per il momento viene accantonata assieme ad un piano già curato nei minimi dettagli. Per ora si sceglie di lasciare campo libero ad una soluzione di contenimento immediata.

Seconda parte

1953 - 1963

Capitolo 1

. . . Ugo Poletti accarezzando il capo di Pietro, in segno di tenerezza, gli impartisce qualche lezione di vita.
«Caro il mio Pietro, Don Francesco Casa era quel genere di persona che timidamente socchiudeva gli occhi, per non vedere aldilà delle proprie scarpe, rifugiandosi vigliaccamente in quel suo angolo di miseria cognitiva, per offrire sollievo solo ai disperati. Sta di fatto che è solo per questa opera orionica benevola, utile a quella facciata ambigua cristiana da salvaguardare, se la Santa Chiesa lo continua ad osannare. Però non si vive solo di propaganda cristiana! Ragion per cui, come ti ho già accennato prima, la Santa Sede è sempre incline a pretendere, nei suddetti affari mondiali, un ruolo predominante. Credimi Pietro: la Santa Chiesa sta già operando in tal senso, sin dalla storia antica, stando al fianco del Potere, ovvero degli Imperatori, dei Re e della Massoneria, per non dire il Poter Occulto.» . . .

In qualche conversazione, fra i rispettivi personaggi, è spuntato il nome di Renatino, o meglio, Enrico De Pedis. Ma chi è veramente?

Da come viene descritto, trattasi pure lui di un figlio biologico di Don Pietro Vergari. Egli non è altro che il frutto di una piccola storia consumata con Miriam, soprannominata Mirella, un'artista di strada, che, per sbarcare il lunario, si prostituiva in qualche nota osteria della capitale, frequentata da artisti famosi.

Andiamo ora ad esaminarne per ordine, tutto il contesto relativo a quel lasso di tempo.

È giovedì cinque agosto 1953 a Roma, Don Pietro Vergari, allora seminarista, quasi diciassettenne, e l'Arcivescovo di Spoleto Ugo Poletti, allora presbitero e sacerdote, essendo legati da circa quattro mesi, in un vortice di tenerezza intima, insieme, stanno per rendere omaggio alla salma di Don Francesco Casa, sessantasettenne, un missionario che operava in Sud America sin dagli anni venti.

Voglio precisare, che Don Francesco Casa, era un carissimo amico di Ugo Poletti, il quale, a sua volta, ebbe l'onore di conoscerlo a Torino nel lontano 1938, subito dopo essere stato ordinato sacerdote. La loro, divenne un'amicizia legata, più che altro, da un interesse comune per il Sud America, seppur con due ottiche totalmente diverse. Infatti, di quella terra magica, ciò che affascinava in particolar modo Ugo Poletti, a differenza del missionario Don Francesco Casa, era un interesse puramente affaristico, poiché il Sud America, essendo un'importante snodo economico planetario, vi si ramificano scambi commerciali illegali, particolarmente proficui, che si consumano nell'oscurità. Per essere più precisi, costituisce una sorta di banco affaristico mondiale, da cui, sempre nell'oscurità, sempre a livello mondiale, i Potenti, o meglio il Potere Economico Occulto, con l'ausilio di politiche mondiali adeguate, danno origine a contrattazioni affaristiche da capogiro, coinvolgendo pure la Santa Sede.

Ma perché è coinvolta pure la Santa Sede, in questi affari indecenti, per così dire sporchi?

Una cosa è certa: nulla sfugge alla Santa Sede! È come se fosse situata in un osservatorio di un monte infinitamente alto, da cui sia impossibile non essere scorti da essa, nelle rispettive attività redditizie, ed è questo è il motivo per cui si sente autorizzata a pretendere la solita considerevole fetta di torta, nei grandi affari mondiali.

D'altronde, come si potrebbe arginare l'ostacolo della Santa Sede, senza coinvolgerla nei rispettivi profitti?

La Santa Chiesa, attraverso la sua azione pastorale nel nome di Dio, detiene un forte ascendente sulla massa, possedendo la chiave dello spirito e dell'anima di ogni rispettivo credente, accreditandosi così un ruolo di perfetta garanzia, di giustizia e di purezza.

Come potrebbe quindi non costituire una sorta di lasciapassare, di legittimazione, per il buon fine di ogni buon affare internazionale?

Infatti è una sorta di lasciapassare! Non è un caso che venga collocata in un punto particolarmente nevralgico, di qualsiasi attività vitale, illegale o legale che sia, nell'ambito del Potere Economico-Finanziario Mondiale. Essa è legata alle grandi contrattazioni, per non dire illeciti, che si consumano per lo più nelle ombre e nei sotterranei degli apparati governativi, con l'ausilio pure della criminalità organizzata.

Il forte desiderio di Ugo Poletti ad ambire a mete prestigiose, sia finanziarie, sia gerarchiche nell'ambito della Santa Sede, è tale da sorvolare qualsiasi aspetto etico-morale, persino di sfruttare la fiducia di Don Francesco Casa, all'epoca missionario in Argentina, estorcendogli qualsiasi conoscenza, riguardo alle condizioni esistenziali del Sud America, per scopi opportunistici, puramente affaristici, invece di contribuire ad un'opera caritatevole di evangelizzazione, come gli aveva sempre promesso.

Ora, ritornando a quel cinque agosto del 1953, Ugo Poletti è a Roma, al cospetto della salma di Don Francesco Casa per rendergli omaggio, assieme al suo compagno intimo Pietro Vergari, seminarista, ormai diciassettenne.

In quel coro di preghiere di sottofondo, improvvisamente una mano accarezza leggermente il viso del defunto missionario, ma non sembra il solito gesto convenevole, dal momento che poi, le dita della stessa mano, nascondendosi dietro alle fiaccole dei ceri, asciugano pure alcune lacrime fuoriuscite all'improvviso. È l'inaspettato turbamento che Ugo Poletti fatica a placare.

Che sia il rigurgito di un senso di colpa? O è il senso di un'afflizione, per la perdita di un riferimento cruciale nella sua vita?

Nessuna delle due! È solo commiserazione! Infatti è ciò che confesserà al seminarista Pietro Vergari, durante una passeggiata al parco di Villa Corsini, alle pendici del Gianicolo, lontano dagli occhi indiscreti.

«Nonostante Don Francesco Casa fosse uno spirito puro, era parecchio ingenuo. Non riusciva a comprendere bene la vita reale di questo mondo, che si fonda sull'ipocrisia di chi, dai sotterranei, continua indisturbato a macchinare grandi affari abietti. Questo è il vero motivo per il quale è rimasto travolto dai suoi stessi ideali.»
Pietro, particolarmente attento a queste affermazioni, ribatte, prendendosi la libertà di mettere in dubbio l'ingenuità di Don Francesco Casa.
 «Sei veramente sicuro che fosse così ingenuo e che non avesse le idee chiare, riguardo a questo mondo? Eppure era un missionario conosciuto, fedele alle opere di Don Orione!»
Ugo Poletti accarezzando il capo di Pietro, in segno di tenerezza, gli impartisce qualche lezione di vita.
«Caro il mio Pietro, Don Francesco Casa era quel genere di persona che timidamente socchiudeva gli occhi, per non vedere aldilà delle proprie scarpe, rifugiandosi vigliaccamente in quel suo angolo di miseria cognitiva, per offrire sollievo solo ai disperati. Sta di fatto che è solo per questa opera orionica benevola, utile a quella facciata ambigua cristiana da salvaguardare, se la Santa Chiesa lo continua ad osannare. Però non si vive solo di propaganda cristiana! Ragion per cui, come ti ho già accennato prima, la Santa Sede è sempre incline a pretendere, nei suddetti affari mondiali, un ruolo predominante. Credimi Pietro: la Santa Chiesa sta già operando in tal senso, sin dalla storia antica, stando al fianco del Potere, ovvero degli Imperatori, dei Re e della Massoneria, per non dire il Poter Occulto.»

Pietro particolarmente turbato da queste parole, fra l'altro emesse da un sacerdote e da un portatore della parola di Cristo, cerca di nascondere il suo stato confusionale, strusciandosi il capo. Non manca però di esporre a Ugo Poletti un dubbio opprimente, che gli emerge all'improvviso.

«Tu, che sei un semplice sacerdote, come sei venuto a conoscenza di queste manovre affaristiche dei Piani Alti del Potere?»

Ugo Poletti, notando in Pietro questo stato di smarrimento, lo tranquillizza abbracciandolo e baciandolo sul capo; poi, confidando nella sua tenerezza, non manca di soddisfare quella sua curiosità quasi fanciullesca.

«Non ti preoccupare cucciolo mio! Devi ritenerti fortunato di essere il mio compagno. Finché farai parte della mia vita, nessuno oserà colpirti, senza prima passare sul mio cadavere. Seppur possa sembrare strano, mi sto già aggiudicando le simpatie di quelle figure che contano degli alti livelli occulti, per avere collaborato, illustrando loro certi dettagli importanti, che Don Francesco Casa avrebbe voluto tenere segregati nell'ombra, visto che era parecchio scettico riguardo a come viene amministrata la Santa Sede: "L'egemonia infida dell'amministrazione della Santa Sede, non conosce vergogna!" Cosi asseriva continuamente! Si riferiva, più che altro, a chi gestisce e manipola il settore bancario dello Ior e quello commerciale, da cui, secondo quanto aveva scoperto, vi operano affari di dubbia provenienza, per non dire sporchi, per arricchire, oltremodo, le solite tasche di quell'opportunismo maniacale dominante.»

A fronte di questa lezione di vita di Ugo Poletti, Pietro, per un istante, sembra alquanto frastornato. Non sa se compiacersi o rammaricarsi. Poi però, un senso di sollievo, come fosse uno spiffero refrigerante di una piena calura estiva, non tarda ad arrivare, dal momento che ora sente di avere le idee più chiare sul culto religioso: è riuscito a liberare il suo spirito arrivista, nonché opportunista, da quella foschia accecante, relativa a quella facciata bigotta clericale asfissiante, che gli impediva di ottimizzare le sue visioni future, riguardo alla sua carriera tanto ostentata. Non è sicuramente un caso quindi che, accogliendo con profonda ammirazione ed attenzione l'insegnamento di Ugo Poletti, Pietro continui a coltivare quel rapporto passionalmente intimo con lui, dal sapore maniacale, iniziato circa quattro mesi fa.

Egli, parecchio incuriosito, non si trattiene neppure dal formulare qualche domanda in merito, mostrando apertamente, oltre il suo entusiasmo, quel suo forte desiderio di aggiudicarsi un futuro proficuo, accondiscendendo, per l'appunto, il sistema di quel Potere Occulto ecclesiastico dominante.

«Ugo come sei venuto a conoscenza di questo mondo eccelso, che domina all'ombra della Santa Sede? Per caso hai avuto dei rapporti intimi con qualcuno di loro, come io ho fatto con te?»

Ugo Poletti particolarmente commosso, osservando quegli occhi carichi di gelosia di Pietro, non si trattiene, come di consueto, dall'accarezzarlo e baciarlo.

«Oh, cosa mi tocca sentire! Come ti viene in mente di

pensare sempre a queste oscenità, Pietro? Come puoi minimamente supporre che, per fare carriera in Vaticano, ci si debba per forza vendersi sessualmente? Per caso tu stai con me per interesse? Quello che c'è fra noi è veramente amore o no? Eh, dimmi Pietro! Mi devo preoccupare?»
Ugo Poletti sa benissimo che, l'attaccamento che Pietro ha nei suoi confronti, è basato solo sull'opportunismo. Infatti, questi interrogativi che gli pone, in realtà, non sono altro che un modo, per provare a dissuaderlo dal lasciarsi trasportare, da quelle sue manie sessuali innate per le donne, in particolare per quelle sposate, attive frequentatrici delle parrocchie.
A fronte di ciò allora verrebbe da chiedersi: perché, nonostante a Ugo Poletti non sfuggano quelle occhiate maniacali di Pietro, indirizzate verso le parti intime delle donne, continua ad essergli così affezionato e passionalmente legato?
Semplice, ne è passionalmente infatuato! Quel profilo di seminarista così fanciullesco e così birbone, lo appassiona a tal punto, da esserne sessualmente trasportato, come fosse una sorta di dominio libidinoso morboso, da desiderare e da concretizzare a tutti costi.
Pietro, a sua volta, preso dalla paura ossessiva di perdere la colonna portante della sua carriera, per nulla al mondo gli verrebbe in mente di abbandonare quel rapporto tanto bramato, con quella figura parecchio promettente in Vaticano.
«No, stai tranquillo Ugo: con te mi sento appagato sotto tutti punti di vista, pure sessualmente. Sì è così! Mi fai stare veramente bene! Sei indispensabile per la mia vita!

Sono stato davvero fortunato ad incontrarti.»
Queste affermazioni così sdolcinate, come possono non intenerire?
Infatti Ugo Poletti è talmente eccitato, da non esimersi dall'accarezzare il viso di Pietro e di baciarlo in fronte, per l'ennesima volta.
«Comunque, non hai motivo di essere geloso Pietro. Non ci sono stati rapporti sessuali con quelle personalità eccelse, ma solo collaborazione. Tanto per rendere l'idea, fra me e l'Arcivescovo di Cesarea di Palestina Luigi Traglia, c'è solo ed esclusivamente un rapporto segreto di fiducia reciproca e di collaborazione e niente di più. Egli, essendo uno stretto collaboratore del Vicario di Roma Clemente Micara, è scontato che, prima o poi, mi possa aprire le porte dei Piani Alti della Santa Sede, assieme a quelle del Potere Occulto, ovvero della Massoneria Clericale, di cui ti ho accennato poc'anzi. Pensa che per la Santa Sede, l'arcivescovo titolare di Cesarea di Palestina Luigi Traglia è reputato un cardine fondamentale in Medio Oriente, rappresentando una facciata integerrima cristiana parecchio ambita, da sfruttare, se non altro, per camuffare quelle losche macchinazioni affaristiche occulte, di alto livello. Una fra queste il traffico internazionale di armi, su cui la Santa Sede, attraverso la Massoneria e il Potere Economico Occulto, vigila costantemente»
Se da un lato, questa illustrazione così immorale, così corrotta, della Santa Sede, riesce in qualche modo a procurare un ulteriore senso di smarrimento a Pietro, dall'altro gli procura un maggiore sollievo. Infatti, avendo avuto la conferma di quell'ipocrisia occulta, su cui si edifica la

Santa Chiesa, lo allevia da quei sensi di colpa che, spesso e volentieri, lo attanagliano, in merito a quella sua maschera di dedizione religiosa, dietro cui si cela il suo forte desiderio di carriera, con annesse le sue manie sessuali innate, verso le donne sposate, di cui non può assolutamente fare a meno.

Intanto, un improvviso imbarazzo, per quelle rivelazioni inopportune esplicate a Pietro, coglie di sorpresa Ugo Poletti.

"O Dio mio cosa ho fatto! Come mi è venuta la brillante idea di confidare certe segretezze a Pietro? Fra l'altro è ancora un seminarista diciassettenne! Purtroppo l'intensa intimità che c'è fra di noi, ha prevalso sulla razionalità. Comunque non devo assolutamente preoccuparmi, dal momento che gli starò sempre vicino. Ormai lo conosco come le mie tasche! Non può fare a meno di me! Sono il suo angelo custode, per non dire la sua colonna portante, per le sue prospettive future. Sono pure un valido supporto, per le eventuali controversie che dovessero scaturire, da quella sua perversione sessuale innata."

Non c'è che dire, Ugo Poletti è veramente attratto dalla predisposizione depravata di Pietro, oltre che dalla sua ingenuità fanciullesca, su cui è sicuro di continuare ad esercitare il dominio completo sulla sua vita, per sempre.

A un certo punto, Ugo Poletti, notando Pietro immerso nei pensieri, con un sorriso ironico, cerca di scardinare questo silenzio funereo, esigendo un suo parere.

«Allora che ne pensi Pietro?»

Riscontrando poi in lui un atteggiamento alquanto scostante, lo scruta negli occhi con uno sguardo aguzzo, tentando di trafiggere il suo spirito fino alle sue estremità, in cui si annidano quei suoi propositi ambigui, assieme a quelle sue manie perverse, scombinandoli a tal punto da fargielli emergere in superficie.

«Lo ammetto, ho lasciato sempre che i miei vizi, le mie manie sessuali, prevalessero sul mio spirito, poiché fanno parte di questa mia un'indole lussuriosa innata, sempre pronta ad emergere, riuscendo a scalzare la mia integrità e purezza cristiana che la Santa Chiesa esige, della quale però ho sempre dubitato fortemente, nonostante tu me ne abbia dato una conferma. Io ho sempre sospettato che la Santa Chiesa si avvalesse dell'emblema e del candore di Cristo come paravento, per nascondere la sua egemonia silente, su tutto ciò che si muove nel mondo economico e affaristico mondiale, e perché no, per nascondere pure le eventuali scostumatezze, perpetrate dai cosiddetti portatori eccelsi della parola del Vangelo. È per questo motivo che, pur conoscendo la mia bramosia di carriera e le mie debolezze mondane, ho scelto di frequentare ugualmente il seminario. Ho riscontrato nella Santa Chiesa un'opportunità tale, per la mia smania di carriera, che non sono riuscito ad individuare in nessun altro settore, del mondo civile.»

Ugo Poletti, benché possa essere soddisfatto di questa considerazione di Pietro, intende, a tutti i costi, evidenziare alcuni aspetti imprescindibili, per proseguire il loro rapporto intimo.

«Lo so Pietro! Questa parte estremamente perversa di te, è il primo aspetto di cui mi sono veramente innamorato.

So pure che senza di me faresti la fine del sorcio sotto i ponti. Non è così? Avanti ammettilo che è così! Non potrebbe essere altrimenti! Pertanto dovresti sentirti onorato di essere pure il mio allievo, oltre che essere il mio compagno e amante. Però ti avviso! Non devi sgarrare! Io ti tirerò sempre fuori dai guai, ma tu non devi sgarrare. Hai capito bene? Non devi sgarrare! Eh, hai capito bene? Comunque lo sai già cosa intendo dire! Lo sai già cosa ti aspetterebbe, se tu non rispettassi le mie regole. Non è così?»

Queste parole espresse in forma così marcata, così autoritaria, come possono non intimidire Pietro?

Infatti a malapena si esprime con un gesto di assenso.

Ugo Poletti notando in Pietro questa improvvisa insicurezza, cerca di sdrammatizzare il tutto, proponendogli di pranzare in una nota osteria del centro.

«Ora basta! Cambiamo discorso! Vorrei farti conoscere Giorgio Vigolo, un grande poeta e scrittore, che attualmente collabora pure con una grande casa editrice, Arnoldo Mondadori, per la stesura di un nuovo dizionario. Sicuramente lo troveremo a pranzo all'Osteria Fratelli Menghi, luogo di incontro per pittori, attori, musicisti e scrittori. È un punto di ritrovo pure per gli artisti principianti, quelli di strada intendo dire, disposti perfino a vendersi sessualmente, pur di aprirsi un varco verso la popolarità. Credimi! Spesso e volentieri, la porta della notorietà esige sempre la ricevuta di pagamento, ovviamente in natura. Questo è il mondo reale! Il candore non esiste Pietro! Esso equivale ad un'illusione di cui la gente comune ne fa tesoro, come giusto che sia d'altronde, per essere facilmente gestibile e sottomessa.»

Desidero precisare che L'Osteria Fratelli Menghi, chiamata pure Osteria dei Pittori, essendo, per l'appunto, un luogo d'incontro per artisti, è situata a circa trecento metri da Piazza del Popolo.

Don Ugo Poletti ebbe l'onore di conoscere personalmente lo scrittore Giorgio Vigolo quattro anni fa, a Milano, grazie al missionario Don Francesco Casa, in occasione della presentazione del suo libro: "Linea della vita". C'è da dire inoltre che, nonostante fra i due vi fossero delle estreme divergenze di vedute di tipo esistenziale, in loro nacque un affetto quasi morboso.

"Siamo in ballo? Allora balliamo, per fruire dei tesori e delle delizie che il Signore ci mette a disposizione, in questo mondo. È il gioco della vita!".

È con questo motto che, Ugo Poletti, come un ritornello, tenta di ispirare Giorgio Vigolo, nonostante, a sua volta, ne disapprovi il concetto primario, basato, più che altro, sull'arrivismo spudorato, senza nessun scrupolo, senza nessuna pietà. Giorgio Vigolo, infatti, a differenza di Don Ugo Poletti, rigetta completamente le basi, su cui si fonda questo Mondo Civile, che le giudica profondamente scostanti dal suo modello di Civiltà. Questo suo aspetto idealistico è chiaramente evidenziato in una sua poesia scritta durante la Seconda Guerra Mondiale: "Quando uno desidera la morte". La morte, in questa opera, si trasforma in una sorta di speranza, una breccia, attraverso la quale uscire dalla cella asfissiante dell'esistenza di questo mondo, oltre che dal proprio corpo, per poi volare via, leggeri come una piuma, verso spazi infiniti e incontaminati del cielo immenso.

La Seconda Guerra Mondiale trascorsa, per Giorgio Vigolo, rappresenta un esempio, uno stimolo ulteriore a manifestare palesemente, attraverso la poesia, la sua insofferenza verso il principio su cui si fonda il sistema esistenziale di questo mondo, nel quale in esso predomina il Potere Occulto. Esso equivale una sorta di totalitarismo immortale che, dai sotterranei, riesce mimetizzarsi spesso da democrazia e libertà, dalla quale poi, attraverso l'ingordigia distruttiva e sfruttatrice del Capitalismo, equiparato a un manganello silente, si concede la facoltà di manipolare, senza scrupoli di sorta, l'assetto vitale globale, per beneficiare oltremodo dei propri tornaconti finanziari.

Un esempio di manipolazione mondiale fu proprio l'innesco della Seconda Guerra Mondiale, che costituì un affare monetario da capogiro per i banchieri internazionali, o meglio, per il salvadanaio del suddetto Capitalismo Mondiale, che, come ho già accennato, opera all'ombra della gente comune: Potere Occulto.

Ugo Poletti appena entrato in Osteria, guardandosi attorno, non esita a chiamare il cameriere.

«Mi scusi, sa dirmi per caso a quale tavolo sia seduto il poeta Giorgio Vigolo?»

Il cameriere, colto per un attimo da un'amnesia, riesce ugualmente a soddisfare l'interpellanza di Ugo Poletti.

«Ah sì! Ho capito a chi si riferisce! Ha disdetto alcuni minuti fa la sua prenotazione. Se volete accomodarvi, il tavolo è ancora libero.»

Giorgio Vigolo riuscirà poi a sentirsi il giorno dopo con

Don Ugo Poletti e a rimandare l'incontro a settembre prossimo.

Capitolo 2

... Non c'è che dire, come al solito, l'irascibilità di Giorgio, verso ciò che lui chiama la "cloaca degli inferi", ovviamente riferito alla Santa Sede, non si fa mai attendere. Questa volta però, un po' per il risentimento verso quelle affermazioni ironiche di Ugo Poletti, un po' per il cordoglio verso il missionario Don Francesco Casa, deceduto lo scorso agosto, si mostra più agguerrito che mai...

A Roma, sono da poco scoccate le tredici di sabato dodici settembre 1953 e Giorgio Vigolo, secondo gli accordi presi lo scorso mese con Don Ugo Poletti, è già seduto ad un tavolo dell'Osteria Fratelli Menghi, collocato in un angolo della sala.
È doveroso considerare che, questa caratteristica apparente introversa e schiva di Giorgio, in realtà rappresenta un'idea falsata del suo carattere, per il semplice fatto che non disdegnerebbe mai di confrontarsi con chi gli manifestasse avversione, dal momento che, la sua predisposizione, è avvalorare appieno le sue tesi, a discapito del modello di esistenziale elargito da questo mondo, cosiddetto evoluto, parecchio lontano dalla sua idea di civiltà.

In quell'angolo appartato della sala, Giorgio non sembra preoccuparsi dalla premura del ritardo di Ugo Poletti, anzi, al contrario, sembra compiacersi di vivere questi minuti in solitudine, dal momento che è concentrato a scrivere qualcosa su un taccuino. Sto parlando di un bloc-notes, su cui è sua consuetudine annotare le emozioni, provenienti dalle profondità più estreme del suo spirito, allorquando dovessero zampillare violentemente in superficie, sotto forma di particelle incandescenti, generando alcuni versi di una poesia.

Improvvisamente però, quello stato così mistico di Giorgio, sembra sfumare nel vuoto, non appena un rumore secco e pungente, dovuto a dei piatti che si frantumano al suolo, lo riportano alla vita reale, come un risveglio traumatico da un sogno profondo, da quel suo mondo unico e inconfondibile edificato a regola d'arte, con profonda minuzia, dal suo affilato spirito d'osservazione innato, mattone dopo mattone, emozione dopo emozione.

Riguardo a ciò, desidero fare una piccola premessa: non è un caso se, ad ogni nascituro, Madre Natura assegni una pietra levigata bianca, sulla quale, nell'arco dell'esistenza, con il proprio spirito visionario e creativo, dovrà incidere e colorare, attingendo alle sfumature di quella tavolozza chiamata "arcobaleno", per creare l'unicità. Sto parlando di una singolarità creativa e visionaria, che ogni persona dovrebbe edificare, tramite il proprio spirito percettivo ed osservatore, per rapportarsi poi con i suoi simili, e, soprattutto, per contrapporsi ai mostri insidiosi, di quel mondo dell'informazione parecchio equivoco, per non dire fraudolento, supportato dai soliti benpensanti e intellettuali. Mi riferisco ai cosiddetti maestri della cultura che, con il loro carico di presunzione, stendono il loro velo dottrinale pietoso, alquanto caliginoso e tossico, privando il singolo individuo dell'essenza vitale, ovvero, di quel potenziale intuitivo innato, indispensabile per la sussistenza dello spirito creativo libero.

Tuttavia sono in molti che, anziché usufruire delle potenzialità innate di questa libertà creativa, loro malgrado, si lasciano trasportare da questi ciechi della cultura e della fraudolenza dell'informazione predominante, lasciandosi trasformare in zombie, in robot, o come vogliate chiamarli, tenuti in vita esclusivamente dall'unica energia vitale che conoscono: il denaro. Sto riferendomi a quello sterco nauseabondo, di quel mostro finanziario e consumistico devastatore, innalzato come un dio da tutti i Governi del Mondo e guidato sempre da quel solito Potere diabolico, presente nell'ombra: il Potere Occulto.

In concomitanza con il piccolo imprevisto del cameriere e il fracasso dei piatti, guarda caso, appaiono di soprassalto Don Ugo Poletti e il seminarista Pietro Vergari, come fossero degli uccelli del malaugurio, piombati dal cielo. Il considerevole ritardo ha velocizzato talmente il loro passo, da non avere dato modo a Giorgio di riorganizzarsi ed evitare così il sarcasmo di Ugo Poletti, piuttosto fastidioso.

«Guardalo Pietro! Ti presento un vero visionario! È talmente preso dalle sue visioni spirituali, che a stento riesce a riconoscermi. Che cosa ti hanno comunicato gli spiriti oggi, Giorgio? Per caso ti hanno annunciato la fine del mondo? Certo è che la pazzia di voi artisti è a dir poco irreversibile. Non c'è più speranza che torniate in vita! Non c'è alcun dubbio! Per voi, ritornare con i piedi in terra, come persone civili, è veramente una chimera.»

A fronte di queste provocazioni, come al solito, Giorgio non demorde, anzi sa sempre rigettare al mittente questo genere di affermazioni pungenti, specialmente se conosce bene l'inclinazione della persona che ha di fronte.

«Vorresti dire quindi che sono pazzo? Perfetto! Credimi: è veramente una gioia immensa sentirmelo dire, in particolar modo da te. Essere normali, per gravitare come tante mosche insensate, attorno allo sterco nauseabondo della vostra cristianità, è come essere in complotto con sé stessi. Mi dispiace che non te ne renda ancora conto Ugo! Dico proprio a te che stai offrendo, su un piatto d'argento, la tua vita, il tuo spirito, non a Dio, ma a Satana. Infatti, non è un caso se, questa tua inclinazione maniacale verso la carriera e verso il profitto, ti abbia reso cieco. Ti assicuro che, prima o poi, questa tua rincorsa al successo, lacererà pesantemente il tuo spirito libero e il tuo vero rapporto con Dio. Spesso mi chiedo come voi preti non vi rendiate conto di questo abominio, che si sta perpetrando nell'ambito della Santa Chiesa, visto che dite di servire Dio. Come pretendete di sconfiggere l'ipocrisia, quando lei stessa governa il vostro cuore e la vostra vita? Come pretendete di redimere le anime dalla schiavitù del peccato, quando la vostra predisposizione e di inzuppare la vostra testa nell'orinatoio di Satana, per acquisire ricchezza e potere in quel mondo ristretto, chiamato Mondo Civile? Sì, sto parlando proprio dell'orinatoio di Satana:

quel piccolo, buio, loculo mentale, in cui è allocata pure la sapienza dei cosiddetti professori, intellettuali, benpensanti che amano mettersi in mostra. Ipocriti!»
Non c'è che dire, come al solito, l'irascibilità di Giorgio, verso ciò che lui chiama la "cloaca degli inferi", ovviamente riferito alla Santa Sede, non si fa mai attendere. Questa volta però, un po' per il risentimento verso quelle affermazioni ironiche di Ugo Poletti, un po' per il cordoglio verso il missionario Don Francesco Casa, deceduto lo scorso agosto, si mostra più agguerrito che mai. Ugo Poletti, prendendo la palla al balzo, tenta di troncare la discussione dirigendo subito l'attenzione verso il funerale dello scorso mese del compianto Don Francesco Casa.
Intanto, inevitabilmente qualcuno nella sala, poco più in là, non ha perso tempo ad origliare e, di fatto, attratto dalle parole incisive di Giorgio, con un sorriso ironico, inizia già a esporre qualche commento al proprio tavolo. Ad ogni modo, questo innocuo interesse da parte di qualche commensale alla discussione di poc'anzi, non sembra turbare, più di quel tanto Ugo Poletti, se non quello di conversare con un tono di voce decisamente più basso.
«Bando alle chiacchiere! Perché non hai partecipato al funerale del nostro amico Don Francesco Casa? È per l'astio che provi verso la Santa Chiesa? Mi sembra una scusa assurda per disertalo? Non ti pare?»
Giorgio, senza rispondere, con il suo sguardo affilato e tagliente, non sembra intenzionato ad offrire delle spiegazioni. Piuttosto tiene a rimarcare un particolare scottante, che non può non pungolare la coscienza di Ugo Poletti. Però questa volta con un'affermazione secca, seppur a

bassa voce.
«Senti un po'! Eri veramente l'amico di Don Francesco Casa? Oppure lo usavi solo per il tuo tornaconto! È così?»
Questo piccolo bisbiglio fra i due, si dà il caso che venga interrotto bruscamente dall'ingresso di una ragazza di circa diciott'anni, che si dirige, a passo spedito, verso Giorgio, il quale, a sua volta, come di consueto, non le risparmia il suo gesto affettuoso.
Benché possa sembrare strano, questo arrivo improvviso di quella ragazza, a Ugo Poletti giunge come una manna dal cielo, visto che gli permette di schivare nuovamente l'ironia di Giorgio, in particolare quella domanda parecchio pungente appena espressa. Sta di fatto che un senso di sollievo, come quella di una frescura improvvisa di piena estate, lo rasserena, permettendogli di emettere un sorriso ironico a quella ragazza, con un gesto forzato di benvenuto. Non manca ovviamente di abbassare poi quei suoi occhi risentiti, per poi dirigerli a Pietro, in cerca di un pretesto.
La ragazza diciottenne in questione è Miriam, soprannominata Mirella, un'artista di strada, che, per sbarcare il lunario, si prostituisce con gli artisti che frequentano l'Osteria Fratelli Menghi e il Bar Canova.
Il fatto che una prostituta di strada come Miriam sia subito corsa da Giorgio, per salutarlo calorosamente, non deve assolutamente pregiudicare la rispettabilità dello stesso poeta, dal momento che il loro rapporto è basato esclusivamente sullo scambio di opinioni, riguardanti la profondità spirituale nell'arte.
Miriam, essendo una pittrice, riesce scorgere, nelle poesie

e nelle espressioni di Giorgio, l'ispirazione necessaria per offrire ai suoi dipinti una sfumatura e una profondità di campo infinita.

Nelle sue rappresentazioni artistiche, si riesce scorgere quella sua unicità ribelle, con la quale, affilando le unghie, non si trattiene, al momento opportuno, di scagliarsi contro il sistema esistenziale collettivo preesistente, secondo lei parecchio tirannico ed insidioso, in cui la gente comune continua ad essere assoggettata ingiustamente.

Con le sue stoccate non risparmia neppure i preti. Infatti dirigendo quel suo dito, parecchio inquisitorio, verso Ugo Poletti e Pietro Vergari, non risparmia il suo sarcasmo.

«E questi due, vestiti da becchini chi sono? Sono per caso veri? O sono finti? Hanno addosso una puzza di cadavere!»

Nessuno ovviamente possiede la malizia necessaria, per ribattere Miriam, a parte Giorgio, che non risparmia il suo sorriso beffardo e sornione.

Un particolare importante, da prendere in considerazione, è che Miriam, essendo alcolizzata, è sempre pronta a scroccare del vino e della grappa dai tavoli dei commensali, come in questo caso.

Ora, davanti a quel suo atteggiamento così perentorio, chi sarà mai quello sprovveduto, a rischiare di farsi umiliare ed insultare a vita, per essersi rifiutato di offrirle da bere? Non a caso, tocca proprio a Ugo Poletti a sacrificarsi, dal momento che Miriam, dopo la sua battuta ironica, ancora non gli ha tolto lo sguardo dagli occhi.

Un buon bicchiere di vino o di grappa è sempre dovuto a Miriam, anche se, dovesse influire negativamente sulla sua sobrietà.

In fondo, cosa s'intende per sobrietà? Vuol dire essere veramente svegli?

No! Assolutamente non è così! Credetemi! Anche se può sembrare strano, è esattamente l'incontrario. Essere sobri, in questo Mondo Civile, vuol dire rinchiudersi a vita in quell'angusta cella della mente, che è il riflesso del sistema esistenziale collettivo preesistente, per assecondare, per essere manovrati e soggiogati, per poi essere indotti, come tanti allocchi, ad ubbidire senza fiatare alle angherie tiranniche, affilate, di chi ha le redini di questo Mondo Civile. Per questo motivo io concordo vivamente di mettere a tacere urgentemente la mente, che, come ho appena sostenuto, è il riflesso di questo mondo perbenista ed ipocrita, e di mandarlo in frantumi, come fosse uno specchio, a costo di far uso di qualche bicchiere in più di alcool, se si dovesse rendere necessario. A mali estremi, estremi rimedi! Infatti, quando si è brilli, si offre al proprio ego, al proprio spirito creativo, la possibilità di prevaricare sulla cosiddetta "ragione", ripulendola da quel bigottismo maniacale e da quelle scorie che, il Sistema Sociale preesistente, tramite l'informazione distorta ed invasiva, continua quotidianamente a imbrattare, con il suo sterco disgustoso. Sto parlando di preservare quelle particelle dipinte innate, simbolo della vita, che contribuiscono ad alimentare la vera identità creativa e spirituale, in ogni essere umano. Faccio, per così dire, appello a quella pazzia unica al mondo, a quei colori che simboleggiano quella unicità spirituale, che Madre Natura ha fornito a tutti, per continuare ad illuminare quell'arcobaleno

presente, in ogni essere umano, che, per l'appunto, significa Vita. È importante questo concetto, poiché non esiste un bene più prezioso della propria unicità creativa, che edifica la propria identità spirituale, sin dall'infanzia.
Miriam è una ragazza genuina, disinvolta. Non possiede scheletri nell'armadio. Basta possedere un minimo di raggio visivo in più, per notare che, dietro quella sua maschera di irascibilità, apparentemente demoniaca, in realtà si nasconda la sua estrema fragilità d'animo. Di questo Giorgio ne è pienamente convinto. Infatti, non è un caso che la consideri come una figlia.
Miriam ha solo un grande bisogno di essere aiutata, pertanto Giorgio non è il tipo da lavarsene le mani. Infatti, i due sono soliti ad instaurare lunghe conversazioni, con un linguaggio prettamente artistico e spirituale, ben lontano, per l'appunto, dal mondo fisico e reale.
Dunque, Miriam ha definito così, Don Ugo Poletti e Pietro Vergari, "becchini vestiti a festa"? Non è vero?
Sì è proprio così! Per lei, la prima percezione è quella che conta, poiché è il suo spirito genuino ad esprimersi. Però, questo suo insulto non deve essere inteso come un'azione inquisitoria, ma bensì deve essere interpretato come una difesa, o meglio, un ammonimento a non oltrepassare quella sua delimitazione, oltre cui giace, come ho già accennato prima, l'unica sua vera ricchezza incomparabile, ovvero quel suo spirito libero identitario e creativo, di cui solo lei e nessun altro deve avere accesso, senza il suo consenso. In buona sostanza, questo suo atteggiamento, prettamente rigido, è una forma di salvaguardia verso

eventuali intrusioni ideologiche e dottrinali aggressive, relative a questo Mondo Civile invasivo, sistematico e perbenista, parecchio equivoco, detestabile ai suoi occhi e pure a quelli di Giorgio.

Un elemento curioso è che, da quando Miriam è entrata nel ristorante, il seminarista Pietro non le toglie gli occhi di dosso: è un'ossessione alla quale non riesce proprio resistere.

D'altronde quello spirito così libero e così ribelle di Miriam, come potrebbe tenere a freno quella carica erotica, passionale e maniacale innata di Pietro?

Egli non può assolutamente resistere a tale fascino, o meglio, a quella forza magnetica fuori controllo, che arriva persino a scuotere i suoi genitali. Seppur lui cerchi invano di nascondere il suo affanno strusciandosi le mani sul suo viso, in realtà rischia di essere travisato, offrendo nuovamente a lei, un pretesto per proseguire con le sue battute di spirito, sorridendo.

«Senti un po' bel pretino, perché mi continui a fissare? Vorresti per caso scaricare la tua passione spirituale su di me? Come ti chiami?»

Fino a che punto, Pietro, riuscirà ancora a nascondere quel suo forte imbarazzo?

Come è logico che sia, deve per forza uscire allo scoperto, seppur timidamente.

«Mi chiamo Pietro!»

Miriam sempre carica più che mai di ironia, approfittando del disagio di Pietro, continua la conversazione.

«Mamma mia! Sei per caso permaloso, Pietro? Suppongo

di sì! Santiddio, è una battuta! Vedi! Neppure il tuo maestro, che ti sta di fianco, che è molto più vecchio di te, si è offeso.»

In effetti Ugo Poletti si adegua al clima burlesco prevalente sorridendo, nonostante non riesca a comprendere bene quel disagio di Pietro, sempre più incombente che mai; sta di fatto che, notando la sua riluttanza a rispondere, per poi rinchiudersi a riccio, non esita ad accorrergli in soccorso.

«Ancora non so il tuo di nome, visto che il tuo caro amico Giorgio, guardandomi con malanimo, non si è neppure degnato di presentarti. Comunque io sono Don Ugo Poletti e sono ben lieto di accondiscendere alla tua ironia, seppur ingiuriosa, dal momento che, come dici tu, è una semplice battuta e come tale deve essere sempre assecondata. Però ti rendi conto a chi ti stai rivolgendo? Indirettamente ti stai rivolgendo a Dio. Quindi stai bestemmiando!»

Il sorriso sornione di Giorgio, improvvisamente si materializza con parole chiare e dirette.

«Ugo, falla finita! Smettila di fare il moralista! Non ti si addice proprio! Sei un pagliaccio! Tu appartieni a quella stirpe di mestatori, mimetizzati da buon samaritani, con lo scopo di accecare la gente, infondendo la "buona novella". Dio mio, quanto vorrei redimerti e riportarti nel mondo dei vivi, ma purtroppo ormai ho perso ogni speranza. Ti rendi conto che quella divisa da prete, di cui vai tanto fiero, logora talmente la tua esistenza, da renderti schiavo delle tue manie di grandezza? Comunque lei è Miriam, ma per gli amici è Mirella. Ora che te l'ho presentata sei soddisfatto? O devo confidarti pure la sua vita privata? Comunque non ti posso aiutare in questo, visto che sono cavoli suoi.»

Ugo Poletti, seppur risentito da queste affermazioni di Giorgio, non sembra dargli alcun peso, piuttosto, è attratto da Miriam, che si trova ancora lì ferma ad assistere la scena, con la mano appoggiata sulla spalla di Giorgio, sicuramente per incrementare il suo vigore. Lei, a sua volta, è talmente attratta dall'atteggiamento dei due religiosi, che continua, con quei suoi occhi magnetici, a fissare ogni loro movimento, per percepire quel reale grado di ipocrisia, che tentano invano di nascondere.

Ugo Poletti non ha scampo! Non gli rimane altra scelta che esporsi con una affermazione secca a Giorgio, come una lama mirata a tranciare il raggio di quegli sguardi incisivi.

«Ora però basta! Ti prego di tacere Giorgio! Satana ti sta accecando la vista! Non sai più quello che dici! Che Dio ti aiuti! Io continuerò sempre a pregare per la tua anima.»

A fronte di queste parole così incredibilmente farisaiche, Giorgio a stento riesce a trattenere l'esplosione di una risata; tant'è vero che non bastano lo sguardo e le mani rivolte al soffitto, magari indirizzando una supplica silenziosa all'onnipotente Dio, ad attutire la carica devastante.

«Dio tu che scruti i cuori della gente, scarica un fulmine sul capo di questi mistificatori della buona novella. Incenerisci quelle loro teste depravate! Libera le loro anime dallo sterco dei demoni!»

Inutile dirlo, Ugo Poletti si trova di nuovo messo con le spalle al muro. È veramente difficile fronteggiare queste parole di Giorgio espresse con candore, benché oltraggiose. Non è un caso quindi se, davanti a questa ennesima stoccata, Ugo Poletti perda nuovamente il controllo del suo sguardo, che tenta di sfuggire, dileguandosi nel vuoto; ma è solo per un attimo, quel che serve per riprendere coscienza e creare un diversivo, all'attenzione dei presenti. Infatti, senza ribattere direttamente al punzecchiamento di pochi istanti fa, continua il suo discorso dirigendo l'attenzione sempre verso Miriam, esortandola ad allontanarsi dalle grinfie visionarie di Giorgio, parecchio irragionevoli ed ingannatrici, oltre che, ovviamente, da quella vita libertina.

«Miriam, non è difficile capire che sei piena di grande risorse. Pertanto non dare ascolto a chi tenta di influenzarti con i sogni. Allontanati dai visionari, che portano alla perdizione. Liberarti da quel demonio che ti perseguita. Lascia che Cristo e la Santa Chiesa illumini il tuo cammino per sempre. Non è girovagando per la strada che troverai la luce e il percorso della vita.»

Poi volgendosi al seminarista Pietro, abbracciandolo e strusciandogli i capelli, tenta di stimolare Miriam ad intraprendere pure lei, eventualmente, la vocazione religiosa, come suora.

«Miriam, osserva bene Pietro! È un valido seminarista! È completamente dedito al Signore e alla Madonna. Egli senza indugi, con spirito di grande sacrificio, ha deciso di offrire la sua vita alla Santa Chiesa, come Cristo l'ha offerta per riscattare noi umani dal peccato originale. La sua indiscussa castità e la sua profonda fede alla Santa Chiesa, sono le sue prerogative essenziali per divenire presto servo di Dio. Di questo Pietro ne è consapevolmente fiero, considerando che non passa giorno, in cui non esplichi la sua profonda devozione alla Madonna.»

Ora però Miriam, distogliendo completamente lo sguardo su Ugo Poletti, per riversarlo di nuovo su Pietro, non riesce proprio a trattenere quel suo sorriso ironico, che a stento riesce a dissimularne l'effetto beffardo, per non dare nell'occhio. Nonostante ciò, Ugo Poletti non sembra mollare la presa, dal momento che persevera con quella sua predica suggestionante, sotto gli occhi indignati di Giorgio, che attende il momento propizio per scaricare tutto il suo screzio.

«Miriam! Tu che possiedi quelle doti creative innate, non sai quanto bene prezioso potresti offrire a noi, servi di Dio, e a tutta la comunità cristiana. Credimi! Potresti offrire davvero tanto alla Santa Chiesa. Ti prego! Esci dalla ragnatela di quell'anticonformismo distruttore della strada. Liberati da quegli ideali grotteschi di Giorgio! Diventa la sposa di Cristo! Se desideri, Pietro sarà ben lieto di aiutarti nel percorso, verso la castità cristiana.»

Da questo intervento "baciasanti" di Ugo Poletti, l'unica parola che Miriam ha veramente assimilato e che l'ha veramente colpita è la parola "castità". È un termine inconcepibile, per quel suo spirito libero e ribelle che si ritrova. E poi, essere casti per chi e per che cosa?

Miriam, intanto, davanti agli occhi imbarazzati dei commensali, ancora non si degna di togliere gli occhi di dosso a Pietro; continua più che mai a fissarlo, magari per tentare di esprimergli un parere avverso, attraverso una domanda, però preferisce racchiudere questa sua ipotetica ironia pungente, in un sorriso oltremodo seducente, difficile da ignorare.

Questo sguardo così accattivante e sensuale di Miriam, come potrebbe non perforare quel guscio, in cui giacciono quelle trepidazioni sessuali maniacali innate di Pietro?

Difatti, non è un caso se, sempre sotto quello sguardo attento di Miriam, gli occhi di Pietro, come fossero mani vellutate, inizino, piano piano, a palpare le parti più prominenti di quella sua bellezza fisica, prosperosa e sensuale, che lei ha la fortuna di beneficiare.

Sì è così! Pietro inizia già a spogliare Miriam con lo sguardo e a fantasticare con il pensiero, immergendosi nell'erotismo più sfrenato. I suoi freni inibitori sono ormai logori e non riescono più a bloccare quei suoi istinti libidinosi pressanti. Sta sudando sangue! Abbassando lo sguardo, cerca di asciugarsi la fronte con il pollice e l'indice della mano destra. Questi attimi di eccitazione non sono più sostenibili. È tutto fuori controllo! Pertanto deve, volente o nolente, sbloccare subito questo assedio che Miriam, scaltramente, ha messo in atto, con le sue occhiate oltremodo lancinanti. Pietro non deve dire altro che sì! Ti voglio! Mi adagio sul tuo bellissimo corpo e ti stringo a me, fino a toccare quel tuo spirito affamato di sesso, come vuoi tu. Dopotutto basterebbero poche parole! Magari dette sotto forma di anagramma, di rebus, comprensibili solo a loro stessi. Sta di fatto che mille pensieri lo travolgono, senza dargli un attimo di tregua.

"Se Miriam accetta, sarei ben lieto di illustrarle il cammino verso la castità che la Santa Chiesa esige, per essere la

sposa di Cristo. Magari, finito di pranzare, potremmo passeggiare al parco per parlarne".
Ugo Poletti, essendo troppo preso da quello spiccato antagonismo verso Giorgio Vigolo, con quella sua predica persuasiva, in realtà non ha tenuto conto della debolezza libidinosa innata di Pietro, che, con spirito decisionista, non si trattiene dal proporre quella passeggiata solitaria, stabilita, a Miriam.
Questo gesto impulsivo e inopportuno di Pietro, come può non innescare una preoccupazione fuori controllo di Ugo Poletti?
In effetti non è un caso che, disinteressandosi dell'imbarazzo dei presenti, tenti invano di ritrattare quella proposta espressa da Pietro poc'anzi a Miriam, tramite un pretesto, ormai divenuto irragionevole.
«No! Non se ne parla proprio! Pietro deve venire con me! Dobbiamo recarci alla chiesa di Sant'Anna! Ho fissato un incontro con il parroco Don Nicola Fattorini e il suo assistente Don Davide Falcioni. Mi devono illustrare alcuni progetti per la parrocchia, su cui dovrei offrire, ovviamente, un contributo importante.»
Ugo Poletti, davanti a certi ostacoli, è sempre pronto a cambiare pelle e scivolare via come un serpente, ovvero a fare leva sulla sua connaturata ipocrisia, oltre che sulla sua freddezza di spirito. A Giorgio però non gli è difficile individuarne il nesso, dal momento che è dotato di un raggio visivo parecchio clinico, come un vero artista dovrebbe obbligatoriamente possedere. Tant'è vero che non mostra mai di arrendersi. In questo caso, cerca, a tutti costi, di redimere quello spirito perfido ed opportunista di

Ugo Poletti, magari destando e facendo leva su una qualche piccola particella, ancora sana e presente nel sacerdote.

Sta di fatto che Giorgio, con il solito sorriso sornione, rivolto a quell'isola appassionata e felice di Miriam e di Pietro, dove i loro sguardi comunicatori intensi continuano incessantemente ad accaldarsi, non può più trattenersi dall'esprimere nuovamente il suo sarcasmo, sempre più pungente che mai, verso quel perbenismo machiavellico di Ugo Poletti.

«Bugiardo! Bugiardo! Stamattina stessa mi sono recato alla parrocchia da Don Nicola Fattorini ad illustrargli dettagliatamente la mia raccolta di poesie, pubblicata quattro anni fa, "La linea della vita", da condividere con dei seminaristi nel pomeriggio. Quindi, a che gioco stai giocando Ugo? Temi per il tuo Pietro? Ma non ti preoccupare! Miriam mica te lo mangia! Tutt'al più, te lo ripulisce da quelle tue nauseanti scorie che gli trasmetti.»

Poi, rivolgendosi a Miriam, non risparmia neppure qualche sfumatura di volgarità, per offrire un po' di vita a questa plumbea atmosfera.

«Avanti Miriam, portatelo via Pietro! Conducilo per mano, per quella strada che porta alla vita e alla felicità. Suvvia, andate ragazzi! Passate pure una buona serata! Io e Don Ugo dobbiamo finire di interagire. Vero che è così Ugo?»

A questo punto, nonostante Ugo Poletti, spontaneamente, provi ad alzarsi per seguire i giovani, viene prontamente fermato dal braccio deciso di Giorgio, che lo invita di risedersi.

«Siediti! Non ti pare di essere stato abbastanza ridicolo, con quelle tue affermazioni sfuggenti? Ora, per favore, lascia che Pietro possa predicare la buona novella a Miriam, per darle un insegnamento di vita. In fin dei conti è quello che dicevi prima! Non è così? Non hai, per caso, asserito di apprezzare le qualità nascoste di Miriam, consigliandola di offrire un contributo alla Santa Chiesa, facendosi suora? Beh, allora lascia che sia il tuo amato e devoto seminarista ad illustrarle la via del Signore. Il tuo Pietro, dovrà pur fare, prima o poi, l'esperienza necessaria per diventare un prete come te. Non è così?»

Queste parole di Giorgio, espresse con quel sorriso così sarcastico, come potrebbero non mandare in delirio l'irascibilità di Ugo Poletti?

In effetti, non è un caso che Ugo Poletti tenti, in qualsiasi modo, anche il più banale, di camuffare e distogliere questo suo stato di collera silente, appuntando un ingannevole incontro sul suo taccuino.

Questo espediente così buffo, utile a scaricare un ulteriore provocazione ironica, non sembra interessare poi così tanto Giorgio, dal momento che il suo sguardo è attratto più che altro, dall'ardore incombente di quei due giovani, in particolare quello di Pietro, al quale, in cuor suo, augura vivamente di ritrattarsi dalle sue prospettive di vita religiosa.

Quel pomeriggio particolarmente intenso, Pietro e Miriam, come fossero due naufraghi su un oceano immenso di passioni, tendono a dirigersi, con i loro cuori, su un'isola sperduta, per dare finalmente adito ai loro sospiri incontenibili. Infatti soli e denudati da qualsiasi indumento attinente al mondo reale, rompono ogni indugio, adagiandosi su un letto di un monolocale fatiscente, in un quartiere malfamato del Trastevere.

Per Miriam non è stato difficile trascinare Pietro nella sua umile dimora. Non sono state necessarie neppure sfilare quelle sue doti ammaliatrici di prostituta. L'attenzione di Pietro è stata catturata totalmente verso quei dardi infuocati che gli occhi di Miriam sprigionano, sospinti da quelle ciglia aghiforme. Non c'è alcun dubbio: Pietro ha perso ogni cognizione del tempo, della sua attuale esistenza. Si dimentica persino del suo caro ed amato Ugo Poletti, che lo sta aspettando con ansia in albergo.

Nonostante in Pietro stia prendendo piede un amore platonico, oltre che fisico, per Miriam è solo un impegno, ben pagato da ottemperare, da parte di un'ineccepibile figura poetica.

Chi sarà mai questo poeta e questo scrittore, se non Giorgio Vigolo? Perché mai avrebbe corrisposto del denaro a una prostituta come Miriam, per sedurre un seminarista come Pietro Vergari?

Giorgio ha attuato questa macchinazione, più che altro, per insidiare quella predisposizione detestabile di Ugo Poletti, ovvero, quell'emblema integerrimo della Santa Chiesa, in cui si cela uno spirito di faccendiere diabolico, avendo indotto persino un ragazzo seminarista come Pietro Vergari, a vendergli la propria anima e il proprio corpo, in cambio di una futura carriera proficua, nell'ambito della Santa Sede.

Ormai si sa, Giorgio Vigolo non sopporta l'ipocrisia e

quel perbenismo spudorato di chi amministra la Santa Sede, definendolo un abominio della cristianità; pertanto l'idea di insidiare ad oltranza, seppur con metodi poco convenevoli, quelle due figure religiose, lo vede come un atto dovuto verso quel Dio che asseriscono, sfacciatamente, di rappresentare.

Capitolo 3

... Miriam non aspettava altro: nei suoi pensieri più perversi e nelle sue aspettative sessuali, c'è sempre stato un prete, ma sarebbe andato bene pure un seminarista, magari giovane e attraente, per dare sfogo a quel suo lato libidinoso sfrenato, alimentato dal forte desidero di dimostrare al mondo intero l'esistenza di un'ipocrisia, al limite dell'indecenza, che vige nelle fondamenta della Santa Chiesa. Difatti, in quell'Osteria dei Pittori, notando quell'aspetto così ingenuo e degenerato di Pietro, aspirante prete, non ha sicuramente perso tempo a catturare la sua attenzione, per plasmare quella sua mole profonda di maschio lussurioso. Si è servita pure di Giorgio Vigolo, il quale, come abbiamo già notato precedentemente, pur di osteggiare quel perbenismo incombente, mascherato dal cammino pastorale, di Ugo Poletti, non si è fatto tanti scrupoli, pagando segretamente l'eventuale prestazione sessuale...

In quella mansarda fatiscente, di un palazzo frequentato

dalla prostituzione e dalla malavita romana, Miriam e il seminarista Pietro Vergari stanno finalmente consumando il loro tanto sospirato ardore. Il vigoroso cigolio del letto, su cui sono adagiati, non sfugge all'attenzione di due ragazze, Adele e Francesca, sicuramente amiche di Miriam, che sono intente a conversare davanti ad un caffè, nell'appartamento sottostante.

Adele, tutta elettrizzata, sorridendo, non si trattiene dall'esprimere la sua ironia.

«Oh, madonna mia! Madonna mia! Che è tutta questa passione? Non ho mai sentito il letto di Miriam cigolare così forte. Nientemeno ha conosciuto il suo principe azzurro? No! Non è possibile! Non crede ai principi azzurri!»

Acutizzando e alzando poi lo sguardo al soffitto, ribatte nuovamente.

«Ascolta! Ascolta bene, Francesca! Questo cigolio è sempre più vigoroso che mai! Ma quanta passione e fuoco ci mette Miriam, questa volta, per fare l'amore? Mai successo! Non riesco proprio capire!»

Francesca, avvallando subito delle ipotesi, con profonda ironia, non nasconde l'aver notato un ragazzo vestito da prete, dietro Miriam, che saliva le scale con un passo spedito.

«Ho notato un prete salire con lei! Questo spiega questo profondo ardore di Miriam. Che dici Adele, magari gli fa pure da padrona? Conoscendo il suo disprezzo verso i preti, non mi meraviglierei affatto se si eccitasse flagellandoli. Sì è così! Non può essere altrimenti!»

Poi, notando Adele sempre più perplessa, senza mezzi termini, non esita a rimuovere ogni dubbio.

«Ti giuro Adele! Il tipo che ho visto salive con lei era vestito da prete. Non sto dicendo che fosse veramente un prete. È ovvio che era travestito! Ti pare mai possibile che un prete vero si faccia notare qui, in questo bordello, a scaricare le sue inibizioni sessuali con una prostituta? Sicuramente questo è un pederasta, che ha voluto vestirsi da prete, per essere dominato e frustato da Miriam. Ne sono certa!»

A quanto pare, su quella mansarda, da cui arrivano i muggiti e i cigolii a ripetizione, si sta consumando veramente un forte ardore sessuale, ma, al contrario di cui possano pensare Adele e Francesca, non esiste masochismo e Miriam sta consumando veramente la sua passione sessuale con un uomo di chiesa, seppur seminarista.

Miriam non aspettava altro: nei suoi pensieri più perversi e nelle sue aspettative sessuali, c'è sempre stato un prete, ma sarebbe andato bene pure un seminarista, magari giovane e attraente, per dare sfogo a quel suo lato libidinoso sfrenato, alimentato dal forte desidero di dimostrare al mondo intero l'esistenza di un'ipocrisia, al limite dell'indecenza, che vige nelle fondamenta della Santa Chiesa. Difatti, in quell'Osteria dei Pittori, notando quell'aspetto così ingenuo e degenerato di Pietro, aspirante prete, non ha sicuramente perso tempo a catturare la sua attenzione, per plasmare quella sua mole profonda di maschio lussurioso. Si è servita pure di Giorgio Vigolo, il quale, come abbiamo già notato precedentemente, pur di osteggiare quel perbenismo incombente, mascherato dal cammino pastorale, di Ugo Poletti, non si è fatto tanti scrupoli, pagando segretamente l'eventuale prestazione sessuale.

Inoltre Miriam, per rendere ancor più deflagrante l'evasione sessuale con Pietro, non si neppure premunita di qualche anticoncezionale, per il suo stato fecondo, anzi ha pensato bene di approfittarne, per rimanere gravida, magari per estorcere, eventualmente, un futuro compenso, o meglio, una rendita per la prole, da parte della Santa Chiesa. Dopotutto, lei ha capito bene con chi ha a che fare! Non ha a che fare con un seminarista qualunque, ma bensì con il compagno intimo di Don Ugo Poletti, il quale, secondo quanto le ha confidato Giorgio, è avido di potere e, vantando di conoscenze importanti nell'ambito della Santa Sede, è una figura alquanto promettente.

Chi non risica non rosica! Questo è il motto di Miriam! Dopotutto, Miriam che cosa avrebbe mai da perdere, visto le sue attuali condizioni esistenziali precarie?

Questa bramosia diabolica di Miriam, dovuta più che altro a quell'efferato odio verso quell'ambiguità incombente della Santa Chiesa, è stata valorizzata, frequentando ed ascoltando i pensieri poetici di Giorgio il poeta.

In questa scappatella, la passione sessuale mischiata alla rabbia, verso quel perbenismo scellerato clericale, rendono Miriam talmente seducente da attirare su di sé, la libidine più infervorata e velata del seminarista Pietro.

Nella dinamicità dei loro corpi accaldati, da quell'ardore maniacale fuori misura, Miriam non trattiene la sua ironia beffarda verso di lui, ridicolizzandolo a tal punto da renderlo un miserabile.

«Che cosa gli fai al tuo maestro, Don Ugo Poletti, quando sei sotto le lenzuola? Fai quello che sto facendo io con te? Per caso sei più bravo di me a soddisfare un uomo?

Quando glielo tiri su di che misura diventa? Godi a farti fottere da lui, vero? Sei la sua valvola di sfogo? Sei il suo bamboccio? Beh ora se il mio? Avanti! Avanti! Riempimi tutta! Non ho mai fatto l'amore con un aspirante prete e per giunta checca. Credimi! Questo non sai quanto mi faccia impazzire!»
Poi, a sorpresa, non si trattiene dal confermare il suo periodo fecondo.
«Oggi sono feconda più che mai! Lo sento! Dai rendimi pregna, culattone di un prete! Dammi un figlio! In fondo poi sarà pure tuo e del tuo amore, Don Ugo Poletti, no?»
Pietro, davanti a queste eventuali conseguenze, annunciate da Miriam, non sembra curarsene, anzi è convinto che queste parole siano solo una strategia erotica, per rendere l'atmosfera ancora più eccitante che mai. Sì! In effetti è così! Si lascia inghiottire completamente da quel vortice infuocato di passioni, generato da lei, in cui lui risulta essere solo il suo oggetto dei desideri e il suo grande affare della sua vita.

Capitolo 4

. . . Una cosa è certa: già dopo alcuni giorni dal concepimento, l'idea di portare avanti quel piano ricattatorio assurdo, in Miriam stava lentamente scemando, tant'è vero che ora vorrebbe disconoscere il nascituro a tutti i costi.
Non è un caso quindi che diserti il battesimo, fra l'altro, eseguito in forma strettamente riservata, dove sarà il sacerdote ad assegnare un nome a caso al bambino. Gli verrà affidato il nome di Enrico, per accreditarsi poi il cognome del padre fittizio, Antonio De Pedis, come da accordi pattuiti precedentemente. Infine, per non destare sospetti, Don Ugo Poletti, Pietro Vergari, e alcune personalità influenti in Vaticano, decideranno segretamente di affibbiargli lo pseudonimo di Renatino. . .

Miriam, mentre consumava la sua libidine sessuale con Pietro Vergari, su quel letto di quella mansarda fatiscente, aveva pure un pallino in testa, ovvero quello di dominare gli eventi futuri, nell'eventualità si fosse adempiuto il suo piano di rimanere gravida. A tal proposito, quella sua mente diabolica, come abbiamo già avuto modo di notare, detiene un valido caposaldo; sto parlando della figura integerrima di Giorgio Vigolo il poeta, complice per ora, per averle corrisposto del denaro, affinché concedesse una prestazione sessuale a Pietro. Intendiamo però: Giorgio ignora completamente quella macchinazione scellerata di Miriam, dal momento che il suo intento era solo quello di dimostrare a Ugo Poletti, la grande ipocrisia che regna nella Santa Chiesa, con i cosiddetti "portatori della parola di Cristo", incapaci di mantenere quel benché minimo valore morale, praticando, in tutta segretezza, le loro sconcezze più depravate.

Però non saranno sicuramente le figure ragguardevoli, con cui Ugo Poletti ha a che fare, a piegarsi davanti a questi raggiri, messi in atto da un poeta e scrittore idealista, come Giorgio.

«Giorgio, le tue allusioni dissacratorie ti si ritorceranno contro. Non sai con chi hai a che fare! Non ti conviene ledere la rispettabilità di chi ha le redini del mondo. Stai al tuo posto e avrai vita lunga! Credimi!»

Sono queste le ammonizioni di Ugo Poletti, al riemergere di quella vicenda sessuale intercorsa, fra il suo compagno seminarista Pietro e Miriam.

In merito a questo intrigo, per tamponare in qualche modo l'accaduto, Ugo Poletti ha già interloquito con una figura altamente prestigiosa in Vaticano a lui vicina, ovvero l'Arcivescovo di Cesarea di Palestina, Luigi Traglia, nonché collaboratore del Vicario di Roma Clemente Micara.

Ora ci sarebbe da chiedersi: per quale motivo, quell'episodio sessuale intercorso con una prostituta, da parte di un semplice seminarista come Pietro Vergari, suscita tanto interesse? Poi perché coinvolgere certe figure di prestigio in Vaticano? Non è bizzarro tutto ciò?

A prima vista potrebbe sembrare alquanto singolare, ma si dà il caso che questo seminarista, Pietro, come ho già descritto più volte, sia il compagno, o meglio, l'amante segreto di Ugo Poletti, il quale, a sua volta, sia un elemento cruciale per il Vaticano e la Santa Sede, se non il mentore segreto, nonostante non ricopra ancora nessuna carica di rilievo. Pertanto, considerando il tutto, non sarebbe certo un caso se un domani, il suddetto evento osceno, perpetrato dal seminarista con quella prostituta, potesse in qualche modo scoperchiare, seppur parzialmente, una parte oscura e subdola che si cela nelle viscere della Santa Sede.

In tal senso, Luigi Traglia avanza già qualche proposta.

«È un rischio che non si deve assolutamente correre Ugo! Si deve, in qualche modo, fermare quella prostituta sciagurata di Miriam. Io penso che non basti cavarsela con qualche regalino, per farle chiuderle quella sua linguaccia biforcuta. Dobbiamo subito escogitare un piano efficiente, per preservarci da certi equivoci futuri. Magari trovarle uno spasimante fittizio, che possa smentirla al momento opportuno, asserendo di essersi vestito da prete, prima di recarsi nel suo alloggio e di avere consumato con lei una passione sessuale ordita. Tu hai già in mente qualcuno che possa fare al caso nostro?»

Ugo Poletti, dal canto suo, avrebbe già in mente qualcuno

cui affidare quel ruolo.
«Sì! Potrei proporlo a un certo Antonio De Pedis! So per certo che, nonostante sia sposato, non disdegnerebbe affatto di ricoprire quel ruolo, in cambio di un buon compenso, visto le difficoltà economiche, in cui versa.»
Luigi Traglia, particolarmente soddisfatto di questa iniziativa, non gli rimane altro da fare che chiudere la conversazione e confidare nella buona riuscita del piano segreto.
«Bene Ugo! Sono contento! Oggi stesso, esporrò il tutto al Vicario Clemente Micara.»
Purtroppo però, anche le insidie più nascoste, quando meno te lo aspetti, sono sempre lì, pronte a emergere, con il loro carico di beghe, compromettendo ulteriormente lo scenario, allorquando Miriam asserirà di essere incinta. In tal senso, come di consueto, l'unico riferimento per Miriam è il poeta Giorgio Vigolo, che a sua volta, come è logico che sia, interloquirà con Ugo Poletti.
A questo punto, quello che si aprirà, sarà un canale strettamente riservato di dialogo, fortemente dibattuto, che arriverà logicamente all'Arcivescovo di Cesarea di Palestina Luigi Traglia e al Vicario di Roma Clemente Micara, generando una vera ed intensa trattativa, in cui si giungerà, dopo diversi mesi, o meglio, in occasione del parto di Miriam, ad un'intesa unanime.
Il primo tarlo da ottemperare sarà quello di fornire un padre al nascituro, che dovrà provvedere, in modo fittizio, al mantenimento del bambino. Per tale ruolo, verrà scelto sempre Antonio De Pedis, il quale, a sua volta, previo a un ulteriore gratificazione e rassicurazione, accetterà senza riserve.

Sarà proprio Ugo Poletti ad incontrarlo segretamente per la trattativa.

«Caro Antonio, senza fare tante domande, essendo subentrati degli imprevisti, dobbiamo rivedere quell'accordo che abbiamo pattuito. Non ti preoccupare si tratta solo di aggiungere un dettaglio. Premetto che avrai un ulteriore gratificazione se accetti. Devi aggiungere solo che il pargolo che porta in grembo quella sciagurata, con cui avresti avuto la scappatella, vestito da prete, sia figlio tuo. Non ti preoccupare! Pure con lei siamo giunti ad un accordo. Al momento del parto devi essere presente, per offrirgli il tuo cognome.»

Antonio si mostra particolarmente insofferente. Non è tanto il riconoscimento del nascituro che lo manda in estasi, quanto l'eventualità che la madre lo disconosca.

Chi si prenderebbe cura di lui, poi?

«Le gratificazioni sono appetibili! Non ho niente da ridire su questo! Quello che mi preme è questa Miriam. Ho saputo che è stramba! È imprevedibile! Chi mi assicura che non abbandoni poi il bambino? O peggio che la ricoverino in una clinica psichiatrica? Chi penserà poi alla crescita del bimbo? Dovrei per caso portarmelo a casa ed occuparmene io e mia moglie?»

Non c'è che dire, questi dubbi fondati di Antonio De Pedis spiazzano talmente Ugo Poletti, da accondiscendere la sua apprensione.

«Sì in effetti il rischio potrebbe esserci. Non per niente però, quelle gratificazioni che ti offriamo sono allettanti. Se dovesse accadere, pazienza, daremo un po' di brio alla tua famiglia. Tutto sommato i figli portano sempre gioia!

123

Non è così? Sono certo che tua moglie, osservando quella creatura indifesa ed abbandonata, non si tirerebbe di certo indietro ad accettarla in casa, la indurrebbe poi a perdonare la tua piccola evasione con Miriam. Stanne certo! Comunque è ancora tutto da vedere! È probabile che Miriam si ravveda dal disconoscere suo figlio.»
Nonostante Antonio continui ad essere preoccupato, sull'incognita che questa vicenda potrebbe riservare, non può sicuramente rifiutare quella gratificazione appetitosa che gli hanno promesso. Male che vada che vada, come asserisce Ugo Poletti, troverà sicuramente un modo per farsi perdonare dalla moglie, quel tradimento fittizio con Miriam, oltre a convincerla ad accettare il bambino in famiglia.
Per quel che concerne la trattativa segreta con Miriam, finalmente, dopo diversi mesi, ovvero, in occasione del parto, si giungerà ad una conclusione. In merito a ciò, Giorgio giocherà un ruolo di mediatore parecchio influente, specialmente davanti alle arroganti pretese di Miriam, che tendevano a insidiare qualsiasi proposta avanzata dalla Santa Sede, più che altro per spirito di superbia, fomentato dall'astio.
«Miriam finiscila con questo livore verso i preti e la Santa Chiesa. Non tirare troppo la corda, se non vuoi veramente finire al cimitero. Non pensare che si facciano tanti scrupoli ad assoldare dei criminali, per toglierti di mezzo. Mi sembra che ora, quello che ti stanno offrendo, sia accettabile: un tetto, un vitalizio, un supporto scolastico per tuo figlio fino alla maggiore età. Tutto questo non è certamente da disdegnare!»

È sabato quindici maggio 1954, sempre in quell'appartamento fatiscente, Miriam partorisce improvvisamente. Finalmente le sue frustrazioni, riguardo a quella odiosa gravidanza, finiscono. Riesce ad emettere un sospiro di liberazione da un impiccio, che la opprimeva da mesi. Per lei era un sacrificio parecchio gravoso questa maternità. La sua insofferenza era tale che avrebbe voluto disfarsene in ogni momento, pure con un aborto accidentale.

Come avrebbe potuto poi portare a termine la trattativa con la Santa Sede? In fondo non fu proprio lei l'ideatrice di quell'espediente, per estorcere denaro alla Santa Chiesa?

Una cosa è certa: già dopo alcuni giorni dal concepimento, l'idea di portare avanti quel piano ricattatorio assurdo, in Miriam stava lentamente scemando, tant'è vero che ora vorrebbe disconoscere il nascituro a tutti i costi.

Non è un caso quindi che diserti il battesimo, fra l'altro, eseguito in forma strettamente riservata, dove sarà il sacerdote ad assegnare un nome a caso al bambino. Gli verrà affidato il nome di Enrico, per accreditarsi poi il cognome del padre fittizio, Antonio De Pedis, come da accordi pattuiti precedentemente. Infine, per non destare sospetti, Don Ugo Poletti, Pietro Vergari, e alcune personalità influenti in Vaticano, decideranno segretamente di affibbiargli lo pseudonimo di Renatino.

Nonostante la sua ferma decisione di non riconoscere il neonato, incoraggiano ugualmente Miriam a prendersene cura, concedendole un ulteriore supporto economico, oltre al corposo vitalizio per il bambino, fino alla maggiore età. Poi, come se non bastasse, le viene assegnato pure un appartamento rimesso a nuovo, in accomodato gratuito, in una zona del Trastevere.

Nonostante tutte queste gratificazioni, le sue lagnanze non sembrano affatto attutirsi nel tempo, anzi tendono ad inasprirsi ulteriormente, trasformandosi in vere imprecazioni, con parole ingiuriose. Non di meno, inizia a sfogare la sua rabbia pure verso il neonato, considerandolo un bastardo figlio dell'ipocrisia clericale.

Se non fosse per l'apporto psicologico, seppur saltuario, del poeta Giorgio e la vicinanza fisica delle sue amiche più intime, Adele e Francesca, Miriam non reggerebbe certamente a quelle crisi nevrasteniche, al limite della schizofrenia. È veramente un caso disperato il suo, dal momento che verrà pure ricoverata in un reparto psichiatrico. Questo fattore inquietante, costringerà poi quelli della Santa Sede, obtorto collo, a dare disposizioni affinché Ugo Poletti, riapra un'ennesima trattativa riservata con Antonio De Pedis. In pratica, oltre a quell'accordo segreto pattuito precedentemente, previo compenso economico, in cui doveva fingersi padre naturale di Enrico, ora gli si propone pure un suo affido temporaneo, in cambio, di ulteriori privilegi finanziari appetibili, usando come copertura, un sistema ambiguo e strettamente riservato, con l'Associazione Cattolica Salesiana.

Capitolo 5

… Perché Miriam trasmette la sua richiesta proprio al Vicario Capitolare della diocesi di Novara e soprattutto chi è?
Guarda caso, il Vicario Capitolare della diocesi di Novara è Ugo Poletti: ha avuto questa nomina ormai da qualche mese, immedesimandosi pure nel ruolo di Vescovo, essendo deceduto il Vescovo Gilla Vincenzo Gremigni.
Potrebbe mai esserci un'occasione migliore di questa, per Miriam?
No, affatto, poiché, un'eventuale divulgazione attraverso gli organi d'informazione, di certe vicende tendenziose, equivarrebbe a un'ulteriore deflagrazione scandalistica negli ambienti della Santa Sede…

Passano alcuni anni, dalla nascita di Enrico, e la perenne carenza psicologica di Miriam, si è inasprita a tal punto, da dover costringere Antonio De Pedis, contro la sua volontà, di farsi carico del bambino a tempo indefinito.

La volontà di Miriam di disconoscere suo figlio è categorico; sta di fatto che supplica più volte il suo amico Giorgio Vigolo, affinché l'aiuti ad uscire dal pantano, in cui si è ficcata con quelli del Vaticano. Vuole essere lasciata in pace! D'ora in avanti desidera rinunciare ad ogni privilegio concessole. Infatti, lunedì dieci febbraio 1963, ovvero circa nove anni dopo aver partorito, sempre più determinata che mai, con il consueto apporto di Giorgio, manda una lettera confidenziale al Vicario Capitolare della diocesi di Novara, esigendo di essere ascoltata per soddisfare le sue richieste, minacciando, in caso contrario, di divulgare tutta la storia compromettente agli organi dell'informazione.

Perché Miriam trasmette la sua richiesta proprio al Vicario Capitolare della diocesi di Novara e soprattutto chi è? Guarda caso, il Vicario Capitolare della diocesi di Novara è Ugo Poletti: ha avuto questa nomina ormai da qualche mese, immedesimandosi pure nel ruolo di Vescovo, essendo deceduto il Vescovo Gilla Vincenzo Gremigni.

Potrebbe mai esserci un'occasione migliore di questa, per Miriam?

No, affatto, poiché, un'eventuale divulgazione attraverso gli organi d'informazione, di certe vicende tendenziose, equivarrebbe a un'ulteriore deflagrazione scandalistica negli ambienti della Santa Sede.

A questo punto, è evidente che siano accolte, le richieste di Mirian.

Riguardo poi alle suddette figure interessate della Santa Chiesa, chi li assicura che Miriam mantenga poi gli accordi pattuiti, tacendo, visto quel suo stato psicologico precario?

È semplice: non si fidano!

A fronte di queste sue continue provocazioni, sono convinti più che mai che Miriam debba essere controllata a vista. Non è un caso quindi che, in tutta segretezza e con delle disposizioni anonime, lascino questo compito a Don Marco, un sacerdote avido di un avanzamento di ruolo, che presta servizio ai Salesiani, oltre che essere un ex malavitoso pentito e quindi un buon comunicatore con la criminalità romana. Difatti, sarà proprio lui a interloquire con Gaspare Bellino, una figura di spicco della criminalità organizzata, che attualmente opera a Roma.

Le disposizioni nei riguardi di Miriam sono categoriche: dovrà essere sorvegliata, per passare eventualmente agli estremi rimedi, previo decisione unanime delle alte sfere del Vaticano.

Non sarà stato sicuramente un caso quindi, notare Miriam travolta e uccisa di notte, lungo un viale di prima periferia a Roma, da un auto pirata, che andava a velocità sostenuta. In questa vicenda, nonostante si scopra che l'auto sia rubata e che probabilmente possa essere stata guidata da un giovane legato alla microcriminalità, tutti, in particolar modo i giornali locali, sono propensi ad accollare la responsabilità dell'incidente, alla cattiva lucidità mentale di Miriam, descrivendola come un'alcolizzata, facente uso di psicofarmaci. Difatti essi, dando credito a qualche testimone, sostengono che camminasse barcollando fuori dal marciapiede.

Ma era veramente ubriaca? Era realmente in quelle condizioni psichiche così precarie, tanto da indurla a pencolare sulla strada?

Una cosa è certa, non si faranno i dovuti accertamenti, dal momento che si propenderà, più che altro, a ricercare l'auto rubata, che, fra l'altro, non verrà mai trovata e di conseguenza non sarà neppure identificato l'autista.

Il poeta Giorgio Vigolo, alquanto scosso ed addolorato da questo incidente, non dimentica affatto tutta l'incresciosa vicenda tra Miriam e le figure, fin qui citate, della Santa Chiesa; tant'è vero che, in un primo momento, come un paladino della giustizia, interloquendo segretamente con un agente editoriale della Mondadori, non rinuncerà affatto all'idea di scrivere e voler pubblicare tutta la suddetta storia, in forma del tutto integrale, tramite un romanzo. È deciso a voler sensibilizzare l'opinione pubblica, per indurla a riconsiderare quelle conclusioni così affrettate, portate avanti dall'informazione predominante. Purtroppo però, come è logico che sia, affidarsi ad una casa editrice famosa, non è mai la scelta migliore, per pubblicare questo genere di storie piccanti e altamente compromettenti, dato che essa non si permetterebbe mai di avversare, a spada tratta, i vertici del potere predominante, tanto più se si dovesse chiamare in causa la Santa Sede.

Tutto scivolerà in una bolla di sapone quindi, dal momento che Giorgio sarà costretto, a malincuore, a rinunciare a pubblicare il suo manoscritto. Non lo distruggerà però, anzi sarà sua intenzione preservarlo segretamente, in attesa che, nel prossimo futuro, un'altra vicenda scottante, come quella vissuta da Miriam, possa nuovamente avverarsi. Di questo Giorgio ne è sicuro, conoscendo bene le attitudini sessuali maniacali di Don Pietro Vergari e del Vescovo Ugo Poletti.

Enrico ha ormai circa undici anni, non gli manca nulla, vive a casa di Antonio De Pedis, sempre con l'apporto economico, del tutto anonimo, del Vaticano, tramite i Salesiani. In buona sostanza, si prosegue con l'accordo originario, già stabilito con Miriam, che continuerà a reggere fino al raggiungimento della sua maggiore età.

Un particolare importante, relativo alla futura predisposizione di Renatino, o meglio, di Enrico De Pedis, è che Adele e Francesca, le suddette amiche prostitute di Miriam, continueranno a chiedere di lui e di poterlo incontrare ed abbraccialo, contribuendo non poco ad infondergli tanta vanità, per via di quel loro vezzeggiamento continuo. Difatti caricheranno quel suo lato narcisista a tal punto, da incitarlo ad esibirsi continuamente allo specchio, come fosse un principe o addirittura Dio onnipotente.

Inutile dirlo, quell'esibizionismo di Enrico sta diventando una mania sempre più incontenibile, tant'è vero che, già all'età di quattordici anni, inizia ad avere le sue prime esperienze amorose con ragazze di tre o quattro anni più grandi di lui. Quel suo protagonismo morboso, gli permette inoltre di organizzare una piccola banda di scippatori di quartiere, facendosi chiamare il "conte".

Intanto, negli ambienti della malavita, le voci iniziano a circolare e quegli atteggiamenti determinati e temerari di

Enrico, o meglio, del "conte", non possono che suscitare interesse da parte della criminalità organizzata prevalente a Roma.

«È un picciotto che farà strada questo "conte". È appena un ragazzetto ed è già un re nel suo quartiere. Ha bisogno subito di una guida! Lo voglio vicino a me, per farlo crescere!»

È così che afferma Gaspare Bellino, parente di una famiglia mafiosa siciliana, che possiede un ruolo di potere, parecchio influente, sulla banda criminale dominante a Roma.

Terza parte

1983 - 1984

Capitolo 1

. . . Emanuela però è già inquieta di suo, ormai da alcuni giorni, da quando cioè la sua amica del cuore, Raffaella, le ha confidato un segreto pungente, parecchio imbarazzante, che, casualmente, è riuscita sottrarre a casa sua, origliando una confidenza riservata di Monsignor Pietro Vergari con suo padre Angelo Gugel: ". . . Emanuela ormai è una ragazza, si fa sempre più bella. Mi duole il cuore non esserle vicino come dovrebbe fare un vero padre. Credimi Angelo, l'idea di continuare a starle a distanza mi logora l'anima. Sta diventando una croce che a stento riuscirò ancora a portare sulle spalle. Spesso sono tentato di chiamarla, abbracciarla e confidarle tutto. Ho esposto queste mie tentazioni pure al Pro-Vicario di Roma Ugo Poletti, dal quale però non ho avuto un benché minimo conforto. Però in compenso mi ha assicurato che al più presto conferirà con il Cardinal Marcinkus, sul da farsi . . .".

È il 1983, Emanuela è una quindicenne, è una ragazza molto riservata, silenziosa, non parla molto di sé, delle sue attività, di ciò che faccia nel tempo libero agli estranei. È praticamente schiva, introversa, non dà molta confidenza e preferisce stare spesso in disparte, a parte Raffaella, con la quale intrattiene un rapporto quasi fraterno, che abita nello stesso palazzo, il cui padre è Angelo Gugel, il segretario di Papa Wojtyla.
Emanuela ha appena terminato il secondo anno del liceo scientifico, presso il Convitto Nazionale Vittorio Emanuele II, venendo rimandata a settembre in latino e francese.
Essendo dotata di una considerevole passione per la musica, frequenta lezioni di pianoforte e di solfeggio da anni, per tre pomeriggi a settimana, presso la scuola di musica Tommaso Ludovico da Victoria, scuola collegata al Pontificio Istituto di Musica Sacra, in piazza Sant'Apollinare a Roma, a poca distanza da Palazzo Madama, dove si trova la sede del Senato della Repubblica.
Mercoledì pomeriggio del ventidue giugno, caso davvero inconsueto, al rifiuto del fratello Pietro di accompagnarla con la moto alla scuola di musica, se ne esce parecchio adirata, sbattendo la porta di casa.
Emanuela però è già inquieta di suo, ormai da alcuni giorni, da quando cioè la sua amica del cuore, Raffaella, le ha confidato un segreto pungente, parecchio imbarazzante, che, casualmente, è riuscita sottrarre a casa sua, origliando una confidenza riservata di Monsignor Pietro Vergari con suo padre Angelo Gugel: ". . . Emanuela ormai è una ragazza, si fa sempre più bella. Mi duole il cuore

non esserle vicino come dovrebbe fare un vero padre. Credimi Angelo, l'idea di continuare a starle a distanza mi logora l'anima. Sta diventando una croce che a stento riuscirò ancora a portare sulle spalle. Spesso sono tentato di chiamarla, abbracciarla e confidarle tutto. Ho esposto queste mie tentazioni pure al Pro-Vicario di Roma Ugo Poletti, dal quale però non ho avuto un benché minimo conforto. Però in compenso mi ha assicurato che al più presto conferirà con il Cardinal Marcinkus, sul da farsi . . .".

Perché Monsignor Pietro Vergari, o meglio, il rettore della Basilica di Sant'Apollinare, ha scelto di confidarsi segretamente con Angelo Gugel, aiutante di camera di Papa Wojtyla?

È ovvio! Fra loro c'è un rapporto di reciproca fiducia e non è sicuramente l'unica conversazione intrapresa su Emanuela.

Poi chi meglio di Angelo Gugel potrebbe offrire dei validi suggerimenti?

Niente per niente, ha pure lavorato al Governatorato, durante il pontificato di Paolo VI, ed è stato parte integrante dei Servizi Segreti del Vaticano, continuando ad essere sempre una figura sicura a cui assegnare incarichi di una certa riservatezza.

È davvero un puro caso che Raffaella, proprio quella mattina di martedì dodici giugno, si trovasse ad origliare parte di quella conversazione, dalla porta socchiusa di quella stanza riservata. Sono bastate queste poche frasi di Monsignor Pietro Vergari, "Emanuela . . . Mi duole il cuore non esserle vicino come dovrebbe fare un vero padre. .

.", per mandarla in estasi, tant'è vero che, senza rendersene conto, sospinge la porta, mettendo in imbarazzo gli interlocutori.

A questo punto una domanda potrebbe sorgere: questa tentazione incontenibile, da parte di Monsignor Pietro Vergari, di voler rivelare a Emanuela di essere suo padre naturale, sommando la consapevolezza di Raffaella, potrebbero consistere un motivo valido per inquietare, le alte sfere del Vaticano?

Ora, rammentando quell'incontro remoto, di quel ventitré maggio 1967, il Vicario Generale di Sua Santità, Luigi Traglia, con il Vescovo Ugo Poletti, in merito alla scomoda gravidanza di Maria avuta da quel rapporto passionale con Don Pietro Vergari, fu esplicito: "... se nel corso degli anni, questo figlio o figlia che sia, dovesse, in qualche modo, costituire un pericolo mediatico, dovremmo intervenire tempestivamente, pure con misure estreme. Mi sono spiegato bene?"...

Queste drastiche condizioni, avute in quel colloquio, dimostrano quanto siano delicati gli eventi che si stanno susseguendo dopo sedici anni.

Quindi ci sarebbe da chiedersi: a fronte di questa seccatura, che cos'hanno in mente le alte sfere del Vaticano, che governano dai sotterranei, essendo parte integrante degli affari sporchi di tutto il globo?

All'incontro con Ugo Poletti di quel ventitré maggio del 1967, cosa intendeva esprimere il Vicario Generale di Sua Santità, Luigi Traglia, con "... intervenire tempestivamente, pure con misure eccezionali estreme..."?

Il quesito sembrerebbe non lasciare margini di sorta, ma lo vedremo nel prossimo capitolo.

Capitolo 2

... *"Come posso illudermi di gioire, per quell'allettante offerta di lavoro ricevuta da quel rappresentante della Avon, quando c'è quell'enigma che mi rode fino allo spasmo, di capire cioè se Monsignor Pietro Vergari sia veramente mio padre naturale? Come posso fare finta di niente, davanti ad una verità che mi hanno tenuto nascosto sin dalla nascita? Se così fosse, perché tutto questo mistero? Mamma, com'è possibile tutto questo? Oh Dio, sto per scoppiare! Devo subito parlare con lei, prima di incontrare Monsignor Pietro Vergari. A quest'ora dovrebbe essere sicuramente a casa! La chiamo subito!"* ...

Come ho già accennato precedentemente, Emanuela, al rifiuto del fratello Pietro di accompagnarla alla lezione di musica, quel pomeriggio del ventidue giugno 1983, parte da sola, parecchio stizzita.
Più che altro è adirata per la confidenza che la sua amica del cuore, Raffaella, le ha fatto due giorni prima, riguardo a quel particolare, che ha avuto modo di cogliere, durante

l'incontro tra suo padre Angelo Gugel e il Monsignor Pietro Vergari, a casa: ". . . Emanuela ormai è una ragazza, si fa sempre più bella. Mi duole il cuore non esserle vicino come dovrebbe fare un vero padre. . .".

Raffaella, nonostante le raccomandazioni di suo padre, a non divulgare nulla di tutto quello che potrebbe avere equivocato nella conversazione con Monsignor Pietro Vergari, non ha potuto fare a meno di confessare tutto a Emanuela, poiché era convinta che, non confidandole nulla, avrebbe sicuramente leso l'integrità profonda, di quel loro rapporto di amicizia così intimo.

Il peso psicologico per quella confessione così pungente, è talmente smisurato in Emanuela, da voler con tutto il cuore che fosse stata travisata.

Ma Raffaella come potrebbe aver inteso male, visto la cura con cui le ha esposte?

A fronte di questi assilli, Emanuela è decisa: all'uscita dalla scuola di musica, segretamente si recherà alla chiesa di Santa Apollinare, per confrontarsi con Monsignor Pietro Vergari.

Ora si trova nei pressi della chiesa di Sant'Anna, ancora un poco e arriverà a Trasportina Conciliazione, da dove prenderà l'autobus, che la porterà a Piazza S. Andrea della Valle.

Sono le ore sedici e quarantasei, sta per percorrere Corso Rinascimento, quando all'altezza di Palazzo Madama, casualmente, la ferma uno sconosciuto, che dice di chiamarsi Andrea, spacciandosi per un rappresentante della ditta di cosmetici Avon, proponendole un lavoro da trecentosettanta-cinquemila lire.

«Come mai questo muso così triste? Hai bisticciato con il tuo ragazzo? Ascoltami bene! Hai detto di chiamarti Emanuela, vero? Senti Emanuela! Oggi è il tuo giorno fortunato! Stiamo cercando urgentemente una ragazza di bella presenza come te. Il lavoro consiste nel distribuire volantini durante la sfilata di moda, dell'atelier delle Sorelle Fontana, che si terrà sabato prossimo, venticinque giugno, alla Sala Borromini, in corso Vittorio Emanuele. Il compenso, come ti ho accennato, è ottimo! Pensa: potresti pure fare ingelosire il tuo ragazzo! Che cosa vuoi di più! A proposito, come si chiama?»

Il rappresentante notando Emanuela assorta dei pensieri, ribatte, esigendo una conferma.

«Allora che ne pensi? Accetti? Sarai dei nostri?»

Visto il protrarsi del suo silenzio, cerca di motivarla con il solito metodo malioso.

«Emanuela, devo dirtelo: hai un portamento così elegante, faresti un figurone a quella sfilata di moda. Però se proprio non te la senti, posso contare sempre sulla sostituta.»

Come si fa non essere attratti da una persona così raffinata, che propone un incarico ad una sfilata di moda, per giunta che si terrà alla sala Borromini?

Un sorriso, benché tenue, inizia a spuntare dalle labbra di Emanuela.

Che sia un preludio ad un'inaspettata euforia?

È quello che dall'ombra alcuni si augurano, ossia quello di deviare quella smania di Emanuela, a voler a tutti i costi conferire con Monsignor Pietro Vergari, su un argomento così delicato, come quello della sua paternità.

Che altro avranno in serbo per lei?

Intanto, da quella "cloaca degli inferi" del Vaticano, le preghiere sembrano abbiano avuto effetto: l'adescamento di quel rappresentante della Avon va a buon fine.

Infatti, Emanuela riesce attenuare quello stato di ansia, a cui era soggiogata, ed è in procinto di acconsentire all'offerta.

«D'accordo, accetto! Ovviamente per una conferma, dovrò prima parlarne con i miei genitori. Li chiamerò appena esco dalla scuola di musica. Ci troviamo qui dopo le diciannove?»

Il sedicente rappresentante della Avon non sarà sicuramente solo, pertanto per non alimentare sospetti, rivela la presenza pure di una signora.

«È probabile che non riesca ad esserci a quell'ora, comunque incaricherò ad una mia collega di intrattenerti, fino al mio arrivo. Va bene?»

Non è un caso quindi che la visita alla chiesa di S. Apollinare, nella quale Emanuela si era ripromessa di parlare con il Monsignor Pietro Vergari, passi per ora in secondo piano.

Sono già passate le diciassette, Emanuela è già in ritardo di sei minuti. A passo spedito si dirige verso Piazza S. Apollinare, per poi salire le scale di corsa, arrivando alla scuola di musica particolarmente affannata, con un ritardo di circa dieci minuti alla lezione di flauto, mettendo in apprensione il maestro Loriano Berti.

«Emanuela che ti è successo? Non è da te arrivare in ritardo! Non voglio sentire scuse! Purtroppo dovrai vedertela con Suor Dolores!»

Suor Dolores è la direttrice della scuola di musica, la quale nutrendo qualche screzio nei confronti di Emanuela, sfrutta la situazione per punirla: la sua lezione verrà spostata per ultima.

Poi, come se non bastasse, il maestro Loriano, durante la lezione di flauto, la rimprovera più volte.

«Ma dove hai la testa oggi? Non sei concentrata! Vai fuori tempo! No! No! Così non va!»

Dopo la lezione di flauto, Emanuela avrebbe pure quella con Monsignor Valentino Miserachs, insegnante di coro, ma cerca in tutti i modi di esimersi dal cantare, fingendosi indisposta. Difatti, una forte inquietudine, dovuto a un improvviso conflitto interiore, irrompe sul suo stato psicofisico, ormai allo stremo.

"Come posso illudermi di gioire, per quell'allettante offerta di lavoro ricevuta da quel rappresentante della Avon, quando c'è quell'enigma che mi rode fino allo spasmo, di capire cioè se Monsignor Pietro Vergari sia veramente mio padre naturale? Come posso fare finta di niente, davanti ad una verità che mi hanno tenuto nascosto sin dalla nascita? Se così fosse, perché tutto questo mistero? Mamma, com'è possibile tutto questo? Oh Dio, sto per scoppiare! Devo subito parlare con lei, prima di incontrare Monsignor Pietro Vergari. A quest'ora dovrebbe essere sicuramente a casa! La chiamo subito!"

Istintivamente, Emanuela chiede di dover andare al bagno: è l'unico espediente possibile per assentarsi un attimo, per telefonare a casa, da una postazione.

Però, si dà il caso che la mamma non si trovi a casa, dal momento che le risponde la sorella maggiore, la quale preoccupata per quel suo atteggiamento così agitato, non si esime dal chiederle ulteriori chiarimenti.

«Dimmi la verità Emanuela! Che cosa è successo? Perché tutta questa premura nel voler parlare con mamma?»

A questo punto a Emanuela non rimane altro da fare che raccontare di quell'offerta di lavoro allettante, da parte di un rappresentante della Avon, che stranamente ha incontrato per strada.

D'altronde, come potrebbe motivare la sua inconsueta telefonata e quel suo stato cosi ansioso?

Infatti non ha alternativa.

Riguardo poi a quella scoperta di essere la figlia naturale di Monsignor Pietro Vergari, nessuno deve sapere, oltre ovviamente la sua amica Raffaella.

Ormai ha deciso, nonostante non sia riuscita a parlare con la mamma, si recherà ugualmente da Monsignor Pietro Vergari, per soddisfare la sua smania di verità. Infatti con estrema frenesia, non si trattiene di chiedere alla direttrice Suor Dolores, di permetterle di finire dieci minuti prima.

«Suor Dolores! Devo recarmi urgentemente da Monsignor Pietro Vergari. Posso uscire prima?»

Suor Dolores, essendo a conoscenza di un impegno che il monsignore avrebbe con qualche personalità autorevole, pensa a un volgare pretesto, irritandola ulteriormente.

«Stai attenta a quello che dici, Emanuela! Non mi prendere in giro! Monsignor Pietro Vergari è impegnato! Ritorna subito al corso e attendi la fine della lezione.»

Lo stato di inquietudine in Emanuela ormai è al limite: a malapena sorregge il capo, mettendosi una mano sulla fronte.

"Non è possibile! Chi avrebbe mai pensato che, proprio oggi, il monsignore avesse un incontro così importante. Adesso come mi regolo? Non ho alternative! Dovrò continuare a portarmi a presso questo desiderio di verità, che non mi dà tregua. Oh Dio mio aiutami!"

Finalmente sono le diciotto e trenta, la lezione è finita. Emanuela non vede l'ora di smorzare quella tensione accumulata, uscendo all'aria aperta. A malapena riesce accorgersi di Raffaella, che le corre dietro afferrandola per il braccio, impaziente di avere delle notizie.

«Emanuela! Emanuela! Com'è andata con Monsignor Pietro Vergari? Ti ha confidato tutto? Vi siete chiariti?»

Emanuela, con lo sguardo perso nel vuoto, risponde a malapena con un gesto, tanto da preoccupare Raffaella, che ponendosi di fronte, la costringe a parlare.

«Mi vuoi dire che ti ha detto? Ti ha minacciata? Ti a messo le mani addosso?»

Emanuela non fa in tempo a rispondere che, sfortunatamente vengono interrotte dall'amica Maria Grazia.

«Ehi voi! Non si saluta? Che vi raccontate di tanto importante, visto che siete così crucciate? Che avete combinato ancora?»

Maria Grazia viene completamente ignorata, benché arrivino insieme alla fermata dell'autobus.

Ora sono in Corso Rinascimento, vicino a Palazzo Madama, guarda caso, dove Emanuela aveva l'appunta-

mento, per trattare quell'offerta di lavoro, presso una sfilata di moda. Neppure se ne rende conto, fintanto che non le appare di fronte la signora dai capelli rossi, di cui le aveva parlato Andrea, il presunto rappresentante della Avon, tuttavia, non avvertendo più alcun interesse verso quella proposta allettante, cerca di fare finta di niente e, sorreggendosi alle sue flebili forze rimaste, cerca di salire sull'autobus con le rispettive amiche, per tornare a casa.
Purtroppo però il suo intento viene ostacolato da quella sua voce dura e irruenta, che la chiama.
«Emanuela vieni qua!»
Sia per non dare spiegazioni alle amiche, sia quella voglia di fuggire via da tutti, Emanuela sceglie di fermarsi e rispondere all'invito di quella signora dai capelli ricci e rossi, che con un atteggiamento oltremodo autoritario, la esorta a seguirla.
«Dai! Che fai lì impalata! Santiddio muoviti che Andrea ci sta aspettando! Seguimi!»
Poco più in là, Andrea, alla guida di un BMW Touring verde, con quel suo sorriso particolarmente burlesco, ironizza, sia per esprimere fiducia, sia per smorzare quell'atteggiamento alquanto tirato di Emanuela.
«Piacere di rivederti Emanuela! Scusa se ti ho mandato Angela, il mio cane da guardia, ad accoglierti. Non ci fare caso al suo comportamento così impulsivo. Non morde! Ora però dobbiamo muoverci, perché siamo in ritardo alla la riunione di lavoro, che si sta tenendo alla Sala Borromini.»
Emanuela si mostra parecchio riluttante a salire in macchina, ma non tanto per quelle continue esortazioni avute

a casa, di evitare cioè i passaggi dagli sconosciuti, quanto per quella frenesia ossessiva che mostra il presunto rappresentante della Avon, di cui non riesce proprio ad assimilarne il motivo, dato che gli accordi prevedevano di avere prima l'approvazione dai suoi genitori.
«Scusa, ma non ci eravamo accordati che prima ne devo parlare a casa? Mi dispiace, dobbiamo rinviare a domani! Altrimenti non se ne fa niente! Ora devo andare!»
La donna dai capelli rossi, per arginare l'improvvisa irruenza del compare, che afferra Emanuela per un braccio, interviene, scostandolo e proponendo un'alternativa.
«D'accordo Emanuela, se non vuoi salire in macchina, potresti andare a piedi con Andrea, mentre io vi precedo in auto, d'altronde non è tanto distante. Però credimi, è un'occasione che non devi assolutamente perdere: avrai l'opportunità di conoscere personalmente il direttore della Avon e la responsabile dell'atelier delle Sorelle Fontana. Dobbiamo fare in fretta però, perché l'incontro sta per finire.»
Nonostante che i dubbi e le perplessità in Emanuela aumentino, accetta ugualmente di farsi accompagnare.
Dopotutto si va a piedi, quali pericoli potrebbero mai esserci?
Per tutto il tragitto che parte da Palazzo Madama fino alla Sala Borromini, che si trova in via della Chiesa Nuova, per incontrare in tutta fretta i responsabili dell'azienda Avon, il presunto rappresentante Andrea è costretto ad assecondare la ragazza. Accetta di accompagnarla a piedi attraverso vie secondarie, arrivando dopo otto minuti, mentre la complice, la signora con la parrucca dai capelli

rossi e ricci, percorre il tragitto in auto e arriva dopo tre minuti.

Voglio precisare che, la signora con la parrucca dai capelli rossi e ricci, è Sabrina Minardi, ovvero l'amante di Enrico De Pedis, il capo della Banda della Magliana, mentre il falso rappresentante della Avon, Andrea, in realtà è uno suo scagnozzo, detto Er Pariolino.

Lungo il tragitto a piedi, purtroppo, l'affanno di Emanuela, legato all'ansia accumulata, si accentua sempre di più, contribuendo ad appesantire le sue gambe, fino a causarne il tremolio.

Ora sì che è sicura di essere in pericolo!

Vorrebbe correre via, tornare a casa, ma come? Come riuscire a disimpegnarsi da quel tizio burbero, che le sta a presso e non smette mai di osservarla?

E pensare che all'inizio sembrava una persona così gentile!

Arrivati finalmente nei pressi della Sala Borromini, Emanuela è preda di un leggero mancamento, dovuto a una tachicardia improvvisa, costringendola pertanto ad appoggiarsi alla parete, ansimando, qualcosa.

«Vi prego, lasciatemi andare a casa. Lasciatemi andare a casa! Lasciatemi! Lasciatemi! Vi prego!»

Interviene subito la signora dei capelli rossi e ricci, ovvero Sabrina, che per non destare sospetti e per rassicurarla, l'abbraccia forte sorreggendola.

«Su! Su! Tirati su! Ora ti accompagniamo subito noi a casa. Hai detto di abitare vicino alla chiesa di Sant'Anna, giusto?»

Sono circa le diciannove e cinque, la BMW Touring verde, parte da via della Chiesa Nuova, ovvero dai pressi della Sala Borromini, con il malavitoso Er Pariolino alla guida, con Emanuela al lato destro passeggero e Sabrina seduta nel sedile posteriore.

Improvvisamente l'auto, a tutta velocità, cambia tragitto, si dirige verso la periferia, per poi immettersi in una strada di campagna sterrata, seguita da un Alfa Romeo Alfetta, con tre persone a bordo, questo cambio di direzione porta Emanuela ad insospettirsi e a mandarla ulteriormente nel panico; allorché dimenandosi come una furia, colpisce prima Er Pariolino con la custodia del flauto, poi, nella colluttazione con Sabrina, va impattare sul finestrino del passeggero, assieme ad un paletto di ferro scheggiandolo. Contemporaneamente riesce, con tutte le sue forze rimaste, ad afferrare prontamente il volante, costringendo Er Pariolino ad una frenata brusca, per limitare l'impatto con un albero.

In quell'arresto violento, Emanuela batte prima violentemente il lato destro della testa rompendo il parabrezza, poi batte la tempia sulla manopola del cambio. Er Pariolino invece batte lo sterno sul volante, incrinandosi qualche costola.

A prima vista Emanuela appare grave. Sabrina tenta di farla rianimare con degli schiaffi, ma nulla da fare.

«Non riesce a rinvenire! Sembra in coma profondo! Ha una brutta ferita! Perde sangue! Potrebbe avere un'emorragia celebrale. Ha bisogno urgentemente di un neurologo. Ora che facciamo?»

Er Pariolino, estremamente furibondo, punta l'arma alla testa della ragazza per ucciderla.

«Ormai è una merce inutilizzabile! Le sparo in testa e poi la gettiamo nella spazzatura come le altre.»

Prontamente Enrico De Pedis, appena sopraggiunto con l'Alfa Romeo Alfetta, con a bordo tre dei suoi collaboratori più fidati, ferma la mano di Er Pariolino.

«Che stai facendo razza di idiota! Che bisogno c'è di spararle?»

Er Pariolino spossato e risentito per l'intervento, si gira e con violenza scaraventa a terra Enrico, appoggiandogli poi la canna della pistola sotto il mento.

«Non ti azzardare più a scansarmi il braccio mentre ho la pistola in mano. Hai capito bene! Per quale motivo non hai voluto che l'ammazzassi, eh? Stai per caso nascondendo qualcosa? Bada bene di non fregarci, perché io ti spappolo quel poco di cervello che hai. Non me ne frega niente se sei il nostro capo e il pupillo di Gaspare Bellino. Io ti uccido ugualmente! Lo vuoi vedere? Eh? Lo vuoi vedere?»

Sabrina, preoccupata sugli sviluppi, con estrema prontezza e freddezza, non esita salvare Enrico dal pericolo, spingendo con forza Er Pariolino, deviando il colpo di pistola, partito involontariamente. Poi caricandosi di adrenalina, con risolutezza, non si esime dal quietare i dissapori, evidenziando il problema che si è venuto a creare.

«Finitevela! Lo volete capire o no che dobbiamo sbrigarci, a toglierci di dosso questo fardello di Emanuela.»

Sono ormai le diciannove e venticinque, Emanuela è raggomitolata sul sedile del passeggero, con la testa insanguinata, che sporge fuori. Il suo stato è decisamente pietoso, potrebbe avere un'emorragia celebrale. Ha bisogno di essere visitata urgentemente da un neurologo, poiché rischia di non svegliarsi più, o peggio ancora, di morire.
Come scongiurare questa eventualità?
È ovvio, Enrico non ha scelta, deve salvaguardare a tutti costi la vita della sua sorellastra Emanuela, oltre a quello di portare a termine il progetto segreto, senza intoppi, intrapreso con Monsignor Pietro Vergari, che nessuno dei suoi compari è al corrente, neppure, per ora, la sua compagna Sabrina.
Il fatto che, questa forte apprensione di Enrico verso Emanuela, accompagnata da certi gesti inconsueti, possano insospettire i suoi scagnozzi, è altissimo. Però è pure vero che, a loro volta, preferiscano attendere le nuove disposizioni, prima di esercitare il loro disappunto, poiché sanno per certo che non ci possano essere alternative, alla decisione di sopprimere Emanuela. Di questo Enrico è consapevole, ma, grazie a Dio, istintivamente, riesce, ad escogitare una piccola tattica, per scongiurare la sua morte, senza dare nell'occhio.
«Ho deciso! Visto che la ragazza è in coma, che bisogno c'è di sprecare proiettili e rischiare di essere individuati? La mettiamo subito in un sacco nero e la gettiamo nella discarica, che si trova circa a cinque chilometri più in là. Nessuno si accorgerà di nulla, dal momento che verrà sommersa dall'immondizia, come tante altre che abbiamo scaricato.»

Sergio Virtù, autista e stretto collaboratore di Enrico, non si esime dal marcare la sua perplessità a questa crudele decisione.

«Va bene Enrico! Però le altre le avevamo prima uccise! Come si può essere cosi crudeli da gettarla in mezzo a quella immondizia viva? Vuoi veramente che muoia soffocata? O peggio che venga sepolta o bruciata viva? Magari che venga divorata pure dai topi? Santiddio, sei veramente sadico Enrico!»

Non c'è che dire, Enrico sta recitando bene la sua parte, riuscendo, in maniera inequivocabile, a sopprimere sul nascere qualsiasi sospetto di benevolenza nei confronti di Emanuela, originato, per l'appunto, da quel gesto atipico di alcuni minuti fa, scansando violentemente la mano assassina di Er Pariolino.

Però come riuscirà a salvaguardare veramente la vita di Emanuela?

Semplice: esegue, di nascosto, un'incisione sul sacco per permetterle di respirare, per poi ripassare a riprenderla più tardi.

Desidero puntualizzare che questa pratica criminale, fin qui citata, è il destino di molte ragazze rapite, ovvero, dopo avere soddisfatto le manie perverse di certe figure facoltose, insospettabili, e dopo essere state assassinate, sono scaraventate nella discarica, racchiuse in un sacco, per poi essere sotterrate oppure bruciate, assieme all'immondizia. La richiesta è tanta e l'offerta va incrementata a tutti i costi. Ma ripeto questo non è assolutamente il caso di Emanuela.

Capitolo 3

... Ora, ritornando su quella discarica, Emanuela è prelevata da Enrico De Pedis e, con l'aiuto della sua amante Sabrina Minardi, viene poi adagiata su un materasso, posto nel cassone del furgone.
Enrico, estremamente addolorato e parecchio confuso, mentre avvolge Emanuela con delle coperte, si stende accanto a lei e scoppia in un pianto angosciante, emettendo urla di disperazione e di odio, verso chi lo sta attendendo più in là, lungo la strada, in quella Mercedes nera del Vaticano, con cui si erano incontrati, previo accordi, poco prima, a un distributore di benzina della Esso...

In una montagna di rifiuti, in quell'atmosfera particolarmente mesta, di mercoledì ventidue giugno del 1983, la luna è più fulgida che mai, sembra intenzionata a ripulirsi completamente dall'appannamento delle nuvole, che le impedivano di diffondere la sua luce. Essa si mostra particolarmente aguerrita, poiché, con il suo chiarore rigenerante, deve mantenere un'esigua fiammella di vita, che si cela in un sacco nero inciso, adagiato su quell'accumulo di spazzatura, oltre a vanificare i propositi minacciosi degli spiriti della notte, che, come avvoltoi, continuano a volteggiare attorno a quella preda, attendendo che spiri.

Quell'atmosfera funerea dominante, che tutt'a un tratto, viene spazzata via dal vento, assieme agli spiriti malevoli, è paragonabile a un alito di vita, emesso sicuramente da un'entità soprannaturale, che vuole, a tutti i costi, prolungare ulteriormente il respiro di quel corpo martoriato, racchiuso in quell'involucro di plastica.

Ma per quanto tempo ancora? Soprattutto per quale motivo?

Improvvisamente un'auto nera del Vaticano si ferma a distanza, sul lato della strada, e un furgone nero sopraggiunge lentamente fermandosi a ridosso del sacco.

Ma chi sono?

Seduti, sul sedile posteriore di quella macchina, si intravvedono due figure ecclesiastiche, di cui una sicuramente eccelsa.

A quanto pare sono parecchio ansiosi, visto che, con l'ausilio di un binocolo, non sembrano mollare di un attimo l'attenzione verso quel sacco nero.

Dal furgone intanto scendono un uomo e una donna, i quali, muniti di una barella, si dirigono accanto a quel sacco, da cui estraggono quel corpo, particolarmente logoro.

Ma a chi appartiene quel corpo?

È il corpo di Emanuela!

Chi sono questi due individui?

Strananamente, l'uomo è particolarmente commosso, tant'è

vero che, soffermandosi per alcuni minuti, abbraccia affettuosamente quel corpo privo di sensi di Emanuela, contribuendo a liberare alcune lacrime, che scendono dai suoi zigomi. Se la stringe al petto assiduamente, accarezzando quei suoi capelli neri impiastricciati di sangue, che continua incessantemente a defluire dal capo.
Nonostante lei continui a essere priva di sensi, lui le sussurra delle parole particolarmente toccanti, esprimendo un senso di sollievo.
«Coraggio sorellina mia, sono venuto a prenderti. Ora sei salva! Il peggio è passato! Ti prego di perdonami se ho permesso che tutto questo accadesse. Non potevo fare altrimenti! Quei preti bastardi giocano con le nostre vite, come fossimo dei pupazzi. Mi hanno promesso che si prenderanno cura di te, nonostante io sia sempre più preoccupato che mai. In effetti non sto per niente tranquillo, dal momento che continuo ad avere tutta questa diffidenza verso di loro. Perché ho incamerato tutta questa sfiducia? Non mi fido e basta! Ho cambiato idea! Non sto più ai loro patti! Ti porto via con me! Santiddio, e dove andremmo poi? Ci troverebbero anche in capo al mondo. Quei preti bastardi si sono guardati bene dal pararsi le natiche. Hanno calcolato qualsiasi evenienza! Giocano persino con i sentimenti delle loro vittime, senza un briciolo di pietà. Mi hanno messo con le spalle al muro! Non ho nessuna alternativa! Ora come ora, non mi rimane altro da fare che aggrapparmi alla promessa di Monsignor Pietro Vergari, nostro padre. Lo so, che è una magra consolazione, ma è l'unica via d'uscita che abbiamo. Vale la pena rischiare? Tu che dici? Sorellina mia ti voglio un

bene dell'anima! Veglierò su di te! Te lo prometto sorellina mia!»

Estremamente commosso, dalle sue braccia l'accarezza per l'ennesima volta, per poi adagiarla sulla brandina.

Ma chi è questo presunto fratellastro?

È Renatino! È Enrico De Pedis! La donna che gli è vicino è Sabrina Minardi, la sua tenera amante.

Enrico doveva solo concludere l'opera del rapimento, prelevando Emanuela da quella montagna di rifiuti, per poi seguire la macchina nera del Vaticano.

L'incidente di percorso, durante il rapimento, aveva messo a dura prova Enrico, col il serio rischio che Emanuela potesse essere uccisa dai suoi scagnozzi, che, ovviamente, ignorano i dettagli del piano segreto, dando per certo che sia morta fra l'immondizia, come fosse una prostituta qualunque.

Il piano del rapimento fu studiato nei minimi dettagli con il Monsignor Pietro Vergari, rettore della basilica di Sant'Apollinare, con l'avvallo segreto del Cardinale Pro-Vicario di Roma Ugo Poletti, coinvolgendo pure altre figure di rilievo della Santa Sede.

A quell'andirivieni continuo di Enrico De Pedis, alla basilica di Sant'Apollinare, si stava, per l'appunto, studiando, in maniera dettagliata, il rapimento di Emanuela. Il cardinale Pro-Vicario di Roma Ugo Poletti fu parecchio puntiglioso in merito: il sequestro doveva essere camuffato con quello relativo alle altre ragazze, che venivano poi vendute ai magnati del petrolio o costrette a prostituirsi ai festini segreti delle persone che contano. Era necessario deviare l'attenzione dell'opinione pubblica, da un

eventuale sospetto che potesse coinvolgere la Santa Sede. Però, questa strategia, come non poteva mettere in una situazione estremamente imbarazzante Enrico De Pedis? È ovvio! Non poteva essere altrimenti! Enrico si è trovato costretto a mentire, oltre che ai suoi collaboratori, pure a chi gli permise di prendere le redini della banda criminale della Magliana. In effetti, nonostante Enrico sia il capo, è pur sempre a Gaspare che deve rendere conto del suo operato. Sto parlando di Gaspare Bellino, ovvero un parente di una delle famiglie mafiose di spicco siciliane, che non tollererebbe mai di essere tenuto all'oscuro di un rapimento così delicato, in cui fosse coinvolta la Santa Sede.
Una domanda potrebbe sorgere: perché si doveva effettuare questo rapimento? E soprattutto perché quella parte oscura dominante della Santa Sede aveva incaricato segretamente Enrico De Pedis?
Intanto iniziamo con l'affermare che Enrico, era inconscio, fino a qualche mese fa, di essere, assieme ad Emanuela, figlio naturale di Monsignore Pietro Vergari, rettore della Basilica di Sant'Apollinare a Roma.
Ciò premesso, questo particolare, come non poteva suscitare apprensione ai vertici del Vaticano?
Infatti, considerando tutti gli intricati eventi intercorsi del passato, legati per l'appunto a questo fattore, con i relativi personaggi, fra l'altro ricoprenti ruoli di responsabilità in Vaticano, un'eventuale fuga di notizia di questa portata, sarebbe stato sicuramente pari a una deflagrazione simile a un ordigno nucleare, che avrebbe leso gravosamente persino le fondamenta oscure della Santa Sede, per non dire quel paravento di credibilità e del buon nome della

Santa Chiesa.

Non c'è alcun dubbio quindi! Urgeva un provvedimento drastico da espletare e ben congegnato fin nei minimi dettagli. Da qui, come è logico che fosse, si scelse di aprire un canale segreto che partisse, per l'appunto, dalla basilica di Sant'Apollinare, ovvero dal rettore Monsignor Pietro Vergari, che, come già sappiamo, è il compagno e l'amante del Cardinale Pro-Vicario di Roma Ugo Poletti, fino ad arrivare ai sotterranei del Potere, all'ombra cioè dello Ior, composto da personaggi di grande rilievo. Sto parlando, pur essendo uomini di Chiesa, di menti, a livello finanziario spietate, di tutto rispetto, come per esempio il Cardinal Paul Casimir Marcinkus, con cui si combinano affari finanziari mondiali estremamente delicati.

Ora, ritornando su quella discarica, Emanuela è prelevata da Enrico De Pedis e, con l'aiuto della sua amante Sabrina Minardi, viene poi adagiata su un materasso, posto nel cassone del furgone.

Enrico, estremamente addolorato e parecchio confuso, mentre avvolge Emanuela con delle coperte, si stende accanto a lei e scoppia in un pianto angosciante, emettendo urla di disperazione e di odio, verso chi lo sta attendendo più in là, lungo la strada, in quella Mercedes nera del Vaticano, con cui si erano incontrati, previo accordi, poco prima, a un distributore di benzina della Esso.

Non c'è che dire, Enrico è parecchio affranto. Pertanto, non è un caso che, uscendo dal cassone del furgone, inveisca, con un pugno alzato, contro il Monsignore Pietro Vergari e il Cardinale Pro-Vicario di Roma Ugo Poletti,

che ancora sono su quella Mercedes nera ferma, parecchio ansiosi, intenti ad osservare la scena, con il binocolo.
Non bastano gli abbracci di Sabrina, per tentare di colmare l'ira di Enrico, il quale, a causa di uno scatto improvviso del braccio, perde l'equilibrio cadendo assieme a lei, riportando delle contusioni.
«Preti bastardi! Maledetti! Io vi ammazzo con le mie mani! Pregate Dio che la mia sorellastra Emanuela non muoia, poiché, se così non fosse, quant'è vero Iddio che mi chiamo Enrico De Pedis, vi scortico vivi, come conigli. Ehi voi due: preti finocchi! Avete capito bene? Vi sodomizzo personalmente con un bastone e poi vi scortico vivi! Bastardi! Bastardi! Bastardi!»
Avvolto da un'ira prorompente, non si trattiene dal correre verso l'auto, per lanciargli un sasso, che inevitabilmente urta il parabrezza, con il serio rischio di colpire l'autista.
Di fronte a uno scenario di tale portata, il Cardinale Pro-Vicario di Roma Ugo Poletti e il Monsignore Pietro Vergari, come non possono mettersi in forte apprensione?
La posta in gioco è troppo alta! Quindi è inevitabile che, in quegli attimi sfuggenti, vengano colti da un'ulteriore inquietudine, fino a scaturire in un'ossessione.
Nonostante tutto però, non hanno alternativa: volente o nolente devono continuare a fidarsi per forza di Enrico De Pedis.
L'unica consolazione che rimane a loro è di trovare conforto pregando, per affidarsi al Signore e alla Madonna, affinché tutto fili liscio come preventivato.
Per caso dicono il rosario, visto che stanno strusciando

una corona, fra le mani?

È molto probabile, poiché, ripeto, la preoccupazione è tanta.

Finalmente il furgone si avvia e, dopo avere percorso un centinaio di metri, com'era nelle aspettative si ferma, permettendo all'auto del Vaticano di invertire la marcia e fare da guida.

Un particolare interessante è che Enrico De Pedis, non conosce la nuova identità che i vertici del Vaticano vogliono conferire provvisoriamente a Emanuela. Infatti, il nome che le verrà assegnato inizialmente sarà Anna. È già tutto organizzato insomma! Anna era un'orfana, una novizia, che in segno di gratitudine verso chi si era presa cura di lei, decise che avrebbe preso i voti come suora di clausura. In realtà è deceduta ieri! È morta avvelenata, al Monastero S. Antonio Abate Monache Benedettine Camaldolesi, sul Trastevere; ovviamente il suo corpo, in tutta segretezza, è stato sotterrato in una fossa comune, sotto una cripta, in cui sono presenti i resti di ragazze e donne, concubine, di prestigiose figure del Vaticano da secoli.

Capitolo 4

. . . Monsignor Pietro Vergari e il Cardinale Pro-Vicario di Roma Ugo Poletti, dopo aver espletato, ormai da parecchi giorni, in maniera dettagliata, il piano del rapimento di Emanuela, dovevano ricercare nei monasteri, fra le ragazze novizie, una ragazza che somigliasse, o meglio, che avesse le caratteristiche simili a lei. In ultima analisi devono munirle di una nuova identità, seppur provvisoria, che le permetta di sparire agli occhi di tutti, agli occhi del mondo insomma, per sempre.
Premetto che, in merito a tutti questi sviluppi, devono, con estrema accuratezza, informare sempre, o meglio fare riferimento all'unico stratega imponente, che cura gli affari della Santa Sede a livello mondiale e che ha il dominio assoluto su qualsiasi segretezza interna al Vaticano. Mi riferisco al Cardinal Paul Casimir Marcinkus, il quale, oltre ad essere Pro-Presidente della Pontificia Commissione per lo Stato della Città del Vaticano è pure presidente dello Ior. . .

Ora, torniamo indietro di qualche giorno, ovvero a martedì ventuno giugno del 1983.

Monsignor Pietro Vergari e il Cardinale Pro-Vicario di Roma Ugo Poletti, dopo aver espletato, ormai da parecchi giorni, in maniera dettagliata, il piano del rapimento di Emanuela, dovevano ricercare nei monasteri, fra le ragazze novizie, una ragazza che somigliasse, o meglio, che avesse le caratteristiche simili a lei. In ultima analisi devono munirle di una nuova identità, seppur provvisoria, che le permetta di sparire agli occhi di tutti, agli occhi del mondo insomma, per sempre.

Premetto che, in merito a tutti questi sviluppi, devono, con estrema accuratezza, informare sempre, o meglio fare riferimento all'unico stratega imponente, che cura gli affari della Santa Sede a livello mondiale e che ha il dominio assoluto su qualsiasi segretezza interna al Vaticano. Mi riferisco al Cardinal Paul Casimir Marcinkus, il quale, oltre ad essere Pro-Presidente della Pontificia Commissione per lo Stato della Città del Vaticano è pure presidente dello Ior. In sintesi è una personalità di spicco al cospetto di quel potere predominante massonico, all'ombra della Santa Sede, che detiene un ruolo strategico sulle più imponenti forze massoniche e forze occulte mondiali, con annesse pure le organizzazioni criminali mondiali più efferate.

Casualmente Monsignor Pietro Vergari, riesce individuare Anna, la giovanissima novizia orfana del suddetto Monastero Sant'Antonio Abate Monache Benedettine Camaldolesi. Ha diciassette anni, seppur ne dimostri quindici, per via di quel suo atteggiamento così dolce e sorridente. È appassionata di musica, ama suonare il flauto come Emanuela, nonostante si diletti con uno di legno, che custodisce sin da quando era bambina all'orfanotrofio.

Con quel suo sguardo così dolce e intenso, come poteva sottrarsi alle attenzioni del Monsignore Pietro Vergari?

Quella giovane novizia costituisce un boccone alquanto appetibile per lui, tanto da maturare per lei pensieri proibiti, che vanno ben oltre alla dignità umana e all'etica che la Santa Chiesa esige.

D'altronde come potrebbe non esserlo?

Certe manie sessuali non muoiono mai, tutt'al più rimangono a riposare in un guscio, in attesa di riemergere sempre, dinanzi al minimo ardore, come una miscela inebriante, impadronendosi dello spirito, occludendo qualsiasi via d'uscita verso la sobrietà.

Monsignor Pietro Vergari non ha dubbi riguardo alla novizia. La nuova identità provvisoria da offrire a Emanuela, è già a portata di mano.

Prima di passare all'azione però, deve assolutamente esaudire quelle sue fantasie sessuali, che non gli danno tregua.

In fin dei conti, quale occasione migliore potrebbe esserci, visto che Anna deve perire oggi stesso?

Per dare sfogo alla sua libidine, le introduce nel bicchiere un narcotico, nel bel mezzo di una conversazione intensa con lei, quanto basta per farle perdere leggermente i sensi.

Il suo incarico di avvelenare quella giovane orfana, o meglio, l'idea di decidere sulla sua vita, lo eccita a tal punto da avere una crisi respiratoria, con il serio rischio di un infarto, a causa di un eccessivo affanno prima del coito. La novizia Anna, praticamente priva di sensi, rimane sul letto immobile, in attesa che Monsignor Pietro Vergari le inietti quella soluzione mortale affidatagli per l'incarico, che le dovrà procurare l'infarto.

Passano le ore, quella camera del monastero, in cui giace ancora il corpo della novizia Anna, continua ad essere interdetta, in via precauzionale, a tutte le monache e a tutte le novizie, su disposizione del Cardinale Pro-Vicario di Roma Ugo Poletti d'accordo con la direttrice del convento. Poi, per non destare apprensione alle presenti, viene comunicato che Anna è stata colta da un lieve malore ed è in attesa di essere trasferita all'ospedale in nottata.

«State tranquille! Non è nulla di grave!»

Questo viene assicurato alle monache.

Capitolo 5

... In sostanza, il piano, studiato a tavolino con la massima precisione dal Pro-Vicario di Roma Ugo Poletti e il Monsignor Pietro Vergari, con la super visione del Cardinal Paul Casimir Marcinkus, prevede che sia poi sempre Enrico De Pedis e Sabrina Minardi, con il furgone, a prendersi cura del cadavere della novizia Anna, per trasportarla, poi sotterrarla in una cripta segreta del Vaticano, assistiti, ovviamente, da due agenti del Vaticano, addetti alla vigilanza.
E che ne è di Emanuela?
Le sue condizioni appaiono subito gravi. D'altronde era prevedibile che, il perdurare del suo stato d'incoscienza, non lasciasse dubbi. Il medico, che le presta le prime cure, nella cameretta del monastero, non può fare altro che raccomandare, con urgenza, il trasporto in un reparto di neurologia al Policlinico Gemelli...

Ora, riallacciandoci nuovamente a quando Emanuela viene prelevata dalla discarica e caricata in un furgone.

La Mercedes nera del Vaticano, con a bordo il Cardinale Pro-Vicario di Roma Ugo Poletti e Monsignor Pietro Vergari, a velocità sostenuta, sta precedendo il furgone nero guidato da Enrico De Pedis, con a bordo, seduta alla destra, Sabrina Minardi, mentre nel cassone, su una branda, è distesa Emanuela, priva di sensi, con una ferita profonda alla testa, dalla quale continua fuoriuscire del sangue, seppur in maniera più attenuata. Mancano ancora alcuni centinaia di metri per arrivare al Monastero di S. Antonio Abate Monache Benedettine Camaldolesi. La tensione è alle stelle! L'apprensione non è dovuta tanto al rischio di essere intravisti da qualche curioso, quanto per l'urgenza di prestare soccorso a Emanuela.

Nella camera del Monastero, in cui giace ancora il corpo senza vita della novizia Anna, avvelenata da Monsignor Piero Vergari, c'è un medico fidato impaziente, già pagato profumatamente, per assecondare l'illecito dello scambio di identità.

In sostanza, il piano, studiato a tavolino con la massima precisione dal Pro-Vicario di Roma Ugo Poletti e il Monsignor Pietro Vergari, con la super visione del Cardinal Paul Casimir Marcinkus, prevede che sia poi sempre Enrico De Pedis e Sabrina Minardi, con il furgone, a prendersi cura del cadavere della novizia Anna, per trasportarla, poi sotterrarla in una cripta segreta del Vaticano, assistiti, ovviamente, da due agenti del Vaticano, addetti alla vigilanza.

E che ne è di Emanuela?

Le sue condizioni appaiono subito gravi. D'altronde era prevedibile che, il perdurare del suo stato d'incoscienza, non lasciasse dubbi. Il medico, che le presta le prime cure, nella cameretta del monastero, non può fare altro che raccomandare, con urgenza, il trasporto in un reparto di neurologia al Policlinico Gemelli.

L'apprensione per quel che concerne la segretezza della vicenda, nei diretti interessati, ovvero, verso il Pro-Vicario di Roma Ugo Poletti e il Monsignor Pietro Vergari, rimane decisamente altissima, tant'è vero che si rende necessario subito, nonostante sia notte fonda, un giro di consultazioni telefoniche segrete con gli alti livelli della Santa Sede, fra cui il Cardinal Marcinkus, che dispone immediatamente il cambio d'identità a Emanuela.

«Ugo, ancora non riesci gestire certe situazioni così banali? È ovvio che devi provvedere immediatamente a cambiare le generalità a Emanuela Orlandi, con la novizia orfana deceduta, Anna. A proposito come procede la sua sepoltura segreta, in quella fossa della cripta? Mi devo preoccupare?»

Il Pro-Vicario di Roma Ugo Poletti nonostante non abbia avuto ancora nessuna notizia in merito, è fiducioso nel Monsignor Pietro Vergari che gestisce l'operazione, assieme a Enrico De Pedis, pertanto non intende in nessun modo alterare ulteriormente la serenità del Cardinal Marcinkus.

«Non ti preoccupare Paul, ho appena conferito con Pietro Vergari: mi ha assicurato che la sepoltura in quella fossa comune della cripta è andata a buon fine.»

L'urgenza e la segretezza dell'operazione, non permette dubbi di sorta, pertanto il Cardinal Marcinkus non può fare altro che essere fiducioso ed annotare il successo dei relativi eventi.

«Bene! Domattina mi adopererò subito per trasferire Emanuela, o meglio, Anna, in uno studio neurologico in Svizzera, affinché le vengano praticate le prime cure, non solo neurologiche, ma pure psichiatriche, perché ignori per sempre, il suo passato. D'ora in avanti dobbiamo chiamarla Anna! Sono stato chiaro? Ugo, voglio il massimo riserbo per questa vicenda: a parte noi, nessuno dovrà sapere del trasferimento e del cambio delle sue generalità. Emanuela Orlandi, per tutti dovrà essere svanita nel nulla! Ogni eventuale ostacolo dovrà essere rimosso, a costo di ricorrere a metodi cruenti. Non possiamo permetterci di sgarrare!»

D'accordo che nessuno debba sapere nulla, però come la mettiamo con Enrico De Pedis e la sua collaboratrice, nonché amante, Sabrina Minardi?

Una cosa è sicura: il Cardinal Marcinkus minimizza, o addirittura ignora il coinvolgimento dei suddetti individui, avendo lasciato, sin dall'inizio, piena autonomia nella pianificazione del rapimento, al Pro-Vicario di Roma Ugo Poletti, il quale continua, con assillo, ad impartire disposizioni al Monsignor Pietro Vergari.

«Dovrai dire a Enrico che Emanuela non c'è l'ha fatta a superare la notte. È morta improvvisamente! Hai capito bene Pietro? Non fare trapelare nulla da quella tua boccaccia. Tuo figlio Enrico non deve sapere nulla! Emanuela, per lui e la sua aiutante Sabrina Minardi, deve risultare morta. Gli dici pure che per motivi di riservatezza Emanuela verrà sepolta in una cripta segreta, di cui nessuno dovrà esserne a conoscenza, neppure lui.»

Capitolo 6

... "Quelle carogne tentano di sotterrare il sudiciume, per mantenere integre le loro candide vesti di portatori della Parola di Cristo, ma ben presto dovranno sputare quel veleno che tengono racchiuso nella loro immacolata innocenza. Ho già in mente qualcosa in merito! La vita mi ha insegnato che, se vuoi colpire certe figure eccelse, colpisci prima il castello in cui vivono."
Quale strategia vorrà quindi adottare Enrico? Ovviamente, per poterla attuare, non potrà certo usufruire dell'aiuto dei suoi scagnozzi, però neppure di chi sta sopra di lui, dell'autorevole boss malavitoso, Gaspare Bellino, visto che, dell'accordo con quelli del Vaticano, per rapire Emanuela, non ne fece menzione con nessuno; anzi, volente o nolente, deve continuare a mantenere la massima segretezza con tutti, poiché ne vale la sua vita...

Per il Monsignor Pietro Vergari, adempiere alle disposizioni del Pro-Vicario di Roma Ugo Poletti, ovvero di far

credere a suo figlio Enrico De Pedis che Emanuela è morta, non sarà sicuramente un'impresa da poco conto, visto la sua irascibilità e il suo scetticismo innato.
Riuscirà mai a superare questo scoglio?
Se pure fosse, prima o poi, i nodi verranno ugualmente al pettine ed è allora che, senza meno, si dovrà ricorrere ai consueti estremi rimedi cruenti, servendosi della criminalità.
Sta di fatto che Enrico, fissando gli occhi di Pietro Vergari, non crede una solo parola di quello che gli racconta. Al contrario, è convinto che la sua sorellastra Emanuela sia ancora viva e che vogliano mantenere la massima segretezza, per coprire in modo deplorevole, la loro integrità cristiana. Pertanto, nell'inconscio di Enrico, una turbolenza di vendetta, carico di odio, continua a imperversare fino allo stremo.
"Quelle carogne tentano di sotterrare il sudiciume, per mantenere integre le loro candide vesti di portatori della Parola di Cristo, ma ben presto dovranno sputare quel veleno che tengono racchiuso nella loro immacolata innocenza. Ho già in mente qualcosa in merito! La vita mi ha insegnato che, se vuoi colpire certe figure eccelse, colpisci prima il castello in cui vivono."
Quale strategia vorrà quindi adottare Enrico?
Ovviamente, per poterla attuare, non potrà certo usufruire dell'aiuto dei suoi scagnozzi, però neppure di chi sta sopra di lui, dell'autorevole boss malavitoso, Gaspare Bellino, visto che, dell'accordo con quelli del Vaticano, per rapire Emanuela, non ne fece menzione con nessuno; anzi, volente o nolente, deve continuare a mantenere la

massima segretezza con tutti, poiché ne vale la sua vita.
Allora a chi intende chiedere un supporto?
A lui non rimane altro da fare che affidarsi, in tutta segretezza, a quei terroristi, con cui la Banda della Magliana ha avuto, più di una volta, rapporti con il traffico di Eroina. Mi riferisco ai Lupi Grigi, ovvero, ad un movimento estremista turco, che, essendo stato messo al bando dal nuovo governo della Turchia, è stato costretto all'esilio in Germania, Austria e Paesi Bassi e trafficare droga per autofinanziarsi.
Il riferimento a disposizione, per usufruire, al più presto, di uno scambio di informazioni e adottare con loro una strategia è già a portata di mano: è Mehmet Alì Agca, detenuto nel carcere di Rebibbia, per avere attentato alla vita di Giovanni Paolo II,
Enrico, dopo diversi mesi, undici per l'esattezza, da quando cioè prelevò Emanuela dalla discarica, finalmente riesce a conferire con Alì Agca con dei messaggi cifrati, grazie ad una guardia corrotta.
È sicuro che da quei terroristi, che hanno spesso ricoperto un ruolo di mercenari a pagamento, al comando dell'Intelligence di mezza Europa, della CIA, della Nato, potrà attingere a delle informazioni più dettagliate, oltre ad avere un valido supporto, per ricattare eventualmente i vertici della Santa Sede, affinché gli permettano di rivedere Emanuela.
L'unico canale che, eventualmente, Enrico potrebbe avere a disposizione, per fare arrivare segretamente le suddette intimidazioni dei Lupi Grigi ai vertici della Santa Sede, è ovviamente suo padre naturale, Monsignor Pietro

Vergari, il quale, a sua volta, incapace di gestire personalmente la situazione, si troverà, costretto, come di consueto, a consultarsi con il suo intimo compagno, Pro-Vicario di Roma Ugo Poletti, come in questo caso, di martedì undici settembre 1984.

«Enrico sa tutto! È in intimi rapporti con Mehmet Alì Agca dei Lupi Grigi. Dovremo perlomeno permettergli di vedere Emanuela. Che ne dici? Dopotutto è il suo fratellastro! Come potrebbe non essere in apprensione per lei? Lo vedo parecchio coinvolto e minaccioso. Credimi! Ormai conosco mio figlio! Non si fermerà davanti a nulla! Ha l'appoggio di quei terroristi turchi e potrebbe creare dei seri problemi, al vertice della Santa Sede.»

Ugo Poletti, soffermandosi a ponderare, su questo particolare non sembra poi così allarmato, anzi propone a Pietro Vergari di prendere tempo, per capire meglio il vero impatto che potrebbe avere un eventuale azione oltraggiosa, da parte di un criminale come Enrico De Pedis.

«Per favore Pietro, calmati! Non farti intimidire da un ladruncolo da quattro soldi. Chi presterà fede a un criminale? Credi veramente che una mezza calza come lui, possa avere concordato qualcosa con quel gruppo terroristico, con quei mercenari al servizio dell'Intelligence di mezza Europa e della CIA? Seppur, riguardo al rapimento di Emanuela, possa esserci stato uno scambio di informazioni con Mehmet Alì Agca, penso sia alquanto remota l'idea che possa essere venuto a conoscenza pure di quella macchinazione adottata da quel Potere che amministra la Santa Sede dai sotterranei, per intimidire Giovanni Paolo II, con l'attentato di due anni fa. Il suo riserbo è custodito con cura dalla nostra Intelligence e dalla CIA, pertanto non permetterebbero mai che un gruppo di terroristi e mercenari, come i Lupi Grigi, possano avere la facoltà di violare il segreto. Comunque domani stesso esporrò il tutto a Paul Marcinkus. Però devi capire Pietro, nonostante io possa adoperarmi fino all'ultimo, per salvaguardare la vita di tuo figlio Enrico, non aspettarti miracoli: l'integrità della Santa Chiesa va sempre preservata, a qualsiasi costo. Abramo non esitò ad ubbidire, davanti al comando di sacrificare suo figlio Isacco. Cedette senza esitare! Comunque farò di tutto per evitare che si arrivi ad un'azione cruenta.»

Pietro Vergari particolarmente preoccupato che un eventuale decisione possa porre fine alla vita di suo figlio naturale Enrico, non esita a proporre un accordo.

«Visto che, il solo scopo di mio figlio Enrico, è quello di assicurarsi sullo stato di salute della sorellastra, perché non assecondarlo? In fondo le condizioni di Emanuela, dopo più di un anno, sono ancora pessime. È ancora sulla sedia a rotelle e non ricorda nulla della sua vita passata. Di cosa dovrebbero parlare? Premesso poi che lei acconsenta di vederlo: il che lascia desiderare.»

Ugo Poletti come potrebbe non avere a cuore questa supplica di Pietro Vergari?

Infatti, non sembra avere un'alternativa, dal momento che, essendo loro compagni intimi, si sono prodigati, nel bene e nel male, veder crescere Enrico, dopo la morte della madre Miriam.

Non è un caso quindi che, l'indomani, con efferata osti-

nazione, riesca a spuntarla, seppur parzialmente, sull'imprescindibile decisione del Cardinal Marcinkus, nel volere la soppressione di Enrico.
«Cerca di capire Paul! Enrico De Pedis è in forte apprensione per la sorellastra. Vuole avere sue notizie! Si accontenterebbe pure di vederla anche solo per un attimo. Credimi, ha interagito con Alì Agca, per placare la sua forte apprensione verso la sorellastra Emanuela e non per intrufolarsi in affari che non gli riguardano. Per favore, evitiamo uno spargimento di sangue inutile! So cos'hai in mente! Vorresti fare in modo che Enrico fosse assassinato dai suoi stessi scagnozzi, facendo ricadere su di lui le responsabilità del coinvolgimento del rapimento di Emanuela, per conto dei Lupi Grigi. Ti prego, non farlo!»
Marcinkus adirato per questa supplica, commutato in un piagnisteo avvilente, non arretra d'un passo dai suoi propositi.
«Finiscila Ugo con queste lagnanze demenziali! Non possiamo cedere ai quegli stupidi ricatti di Enrico De Pedis. Nel modo più assoluto gli acconsentirò di vedere Emanuela Orlandi. L'idea che abbia scoperto che sia ancora viva, è già rischioso di suo. Sarebbe da eliminare, a prescindere! Non voglio però essere così drastico! Poi, come ti permetti Ugo, di chiedermi di salvaguardare la sua vita, perché è il figlio del tuo benamato Pietro Vergari? Dio mio, c'è ben altro da salvaguardare! Dobbiamo premunirci immediatamente di un alibi solido per la Santa Sede, da non lasciare nulla di intentato. Ricordati Ugo, fra due settimane, per l'esattezza mercoledì ventisei, abbiamo un

incontro della massima segretezza, con quelli che contano, con i più grandi faccendieri del mondo, il Potere Economico Occulto, le grandi mafie, i narcotrafficanti sudamericani, assieme all'intelligence di mezzo Mondo e la CIA. Comunque avrò modo di approfittare di questo incontro, per esporre questa seccatura ai nostri Sevizi Segreti e all'Intelligence tedesca. Dopotutto mi devono dei favori, per degli affari di una certa rilevanza chiusi in Sud America, e devono per forza ascoltarmi ed adempiere alle mie necessità. Ho già una strategia in mano da proporre, per mettere fine, una volta per tutte, a queste questioni ancora aperte. Emanuela Orlandi avrà salva la vita! Te lo prometto Ugo! Ma non ti garantisco nulla per Enrico De Pedis, poiché la sua salvezza è legata a un filo.»
Ugo Poletti, particolarmente allarmato, non si esime dal supplicare Marcinkus a chiarire le sue reali intenzioni.
«Che significa . . . legata a un filo . . .? Cos'è un modo elegante per dirmi che la vita di Enrico è già segnata a prescindere? Spiegati meglio, per favore!»
La risposta dettagliata non si lascia attendere.
«Caro Ugo, volevo semplicemente dire che è già pronto un piano per la sua esecuzione, se non dovesse stare al suo posto, farò in modo che siano i suoi stessi scagnozzi, su disposizione del boss Gaspare Bellino, a sistemarlo. Mi spiego meglio: in accordo con quelli che contano, farò in modo che gli organi d'informazione infondano la notizia che il rapimento di Emanuela Orlandi e stato organizzato personalmente da Enrico De Pedis, in accordo con i Lupi Grigi. Questa notizia genererà sicuramente un risentimento e una forte ritorsione nei suoi riguardi, dato che i

suoi collaboratori e chi è sopra di lui, Gaspare Bellino, ignorano il tutto. Sta pur certo che come minimo lo faranno a pezzi con la mannaia. Quel criminale, Gaspare Bellino, lo conosco molto bene. Non concederebbe sconti neppure a suo figlio. Sa essere particolarmente sanguinario, con chi lo tradisce o lo inganna.»
Ugo Poletti, andando in paranoia, non si astiene dall'usare toni particolarmente accesi, per avere delle delucidazioni in più, a riguardo.
«Spiegati meglio Paul! Su che basi intendi impostare la notizia, per screditare Enrico? Non ti sembra di esagerare?»
Marcinkus, parecchio irritato, non si trattiene dal ribattere con altrettanta arroganza.
«Finiscila Ugo! Non ti permetto più di sostenere il tuo concubino Pietro Vergari e quel malvivente di suo figlio. Occorre tracciare un solco invalicabile e duraturo attorno a noi, attorno al Vaticano. Non esiste alternativa! Ripeto! Dobbiamo assolutamente dirottare l'attenzione dell'opinione pubblica sui Lupi Grigi, come unici responsabili del rapimento di Emanuela Orlandi. Per rendere più credibile il tutto, in accordo, come ti ho già accennato, con tutti i Servizi Segreti, in particolar modo con il Sisde e l'Intelligence tedesca, costringeremo i Lupi Grigi a inscenare un ricatto contro di noi, in cui si chiede la scarcerazione di Mehmet Alì Agca, in cambio della liberazione di Emanuela Orlandi. Sicuramente l'impatto che questa notizia avrà sulla gente, ci preserverà da ogni dubbio o sospetto. Ugo, ti rendi conto che qui c'è in ballo la credibilità della Santa Chiesa? Tu e quel maniaco sessuale di Pietro Vergari se non vi sta bene, andatevene a fanculo!»

Poi in maniera meno irruenta, Marcinkus cerca di colmare quella forte apprensione di Ugo Poletti, puntualizzando un particolare.

«Non allarmarti Ugo! Ti offrirò un'opportunità: farò in modo che, per il momento, Enrico De Pedis non venga menzionato. Però non posso garantire sulla sua vita, all'interno della Banda della Magliana. D'altronde i suoi scagnozzi e Gaspare Bellino, sanno che Emanuela Orlandi è morta. Sono a conoscenza che è stata sigillata in un sacco della spazzatura e gettata nella discarica. Nessuno sopravvive richiuso in un sacco di plastica. Quindi finché non scopriranno la verità, o meglio, che Enrico De Pedis abbia inciso quel sacco per permettere a Emanuela Orlandi di respirare e che poi sia ripassato a riprenderla, è logico che pensino a una simulazione di quei mercenari terroristi.»

Questa rassicurazione inaspettata di Marcinkus, non libera sicuramente dai forti dubbi che attanagliano Ugo Poletti, ma tutto sommato gli permette di emettere un sospiro di sollievo, aggrappato a una speranza, benché flebile.

Quarta parte

Sviluppi finali

Capitolo 1

. . . Il suo sguardo fisso ed attento sul parabrezza danneggiato, per terra, a fianco al BMW, gli provoca un'improvvisa commozione, vanificando la fuoriuscita di alcune lacrime, che, scivolando dagli zigomi, tracciano un'impronta ben visibile, cui tenta istintivamente di occultarne la scia, con i polpastrelli delle sue mani inumidite.
"Povera Emanuela che ti hanno fatto? Mi angoscia immaginare quanto ti sia dimenata, per tentare di liberanti da quell'incubo. Non ci sono dubbi: quel foro, al centro di queste lunghe scheggiature, presente su quel parabrezza appoggiato a terra, è causato sicuramente dall'urto della tua testa e deve avere avuto per forza un impatto violento. È lampante che questo impatto ti abbia procurato un trauma importante, Emanuela. Non può essere altrimenti!" . . .

In un angolo di una carrozzeria artigianale del quartiere Vescovio, gestita da Antonio Cespi, sulla cinquantina, soprannominato "Er Sordone", un'auto senza targa, senza parabrezza, con il finestrino destro rotto, si scorge da sotto un telo. L'atmosfera equivoca che riesce trasmettere tocca le parti più estreme di una emotività, quasi traumatizzante di Giulio Gangi, un collaboratore del SISDE, oltre che essere un amico dei parenti di Maria e Ercole Orlandi.

Ma perché questo attimo di smarrimento colpisce improvvisamente Giulio?

Il suo sguardo fisso ed attento sul parabrezza danneggiato, per terra, a fianco al BMW, gli provoca un'improvvisa commozione, vanificando la fuoriuscita di alcune lacrime, che, scivolando dagli zigomi, tracciano un'impronta ben visibile, cui tenta istintivamente di occultarne la scia, con i polpastrelli delle sue mani inumidite.

"Povera Emanuela che ti hanno fatto? Mi angoscia immaginare quanto ti sia dimenata, per tentare di liberanti da quell'incubo. Non ci sono dubbi: quel foro, al centro di queste lunghe scheggiature, presente su quel parabrezza appoggiato a terra, è causato sicuramente dall'urto della tua testa e deve avere avuto per forza un impatto violento. È lampante che questo impatto ti abbia procurato un trauma importante, Emanuela. Non può essere altrimenti!"

Poi, attratto da una rientranza sul faro anteriore destro dell'auto, Giulio si piega e non si esime dal trarre ulteriori ipotesi.

"Qui in questo punto del faro anteriore destro, l'auto deve avere subito uno schianto contro un palo o un albero. Questo spiega l'impatto violento sul parabrezza. Poi questa rottura del finestrino destro a che cosa è dovuto? Dalla scheggiatura sembra causato da un corpo contundente. Che sia stato un manganello? Una cosa è certa, qualcuno era in procinto di colpire Emanuela con una spranga di ferro ed ha urtato invece il finestrino. Comunque, è ineludibile che, con quell'impatto sul parabrezza, lei abbia subito un trauma alla testa violento e che, senza ombra di dubbio, versi in gravissime condizioni."

Tutt'a un tratto, una voce acuminata da dietro un'auto, rompe la quiete dell'officina, spezzando la concentrazione di Giulio, assieme a tutte le sue riflessioni.

«Ehi! Chi è lei e cosa sta facendo? Che cosa vuole? Ricopra immediatamente quell'auto con il telo! Non tocchi nulla! Deve passare il perito dell'assicurazione.»

In attesa che il carrozziere, o meglio, Er Sordone, si alzi e si lavi le mani, Giulio, continua la sua ispezione riservata, venendo colto da un ennesimo particolare anomalo.

"Non riesco a capire come questo parabrezza, appoggiato a terra e il finestrino siano così puliti, nonostante tutta l'auto sia sporchissima, sia all'esterno che all'interno. Oh Dio! Pure l'angolo anteriore destro: il sedile, la portiera e una parte del cruscotto sembra ripulito con cura."

Poi allungandosi all'interno dell'abitacolo, sente un odore forte e strano.

"Santiddio! Questa puzza che sento è varechina! Ma quanto ne ha versato su questo sedile? Ora capisco! Ha cercato di ripulire il sangue!"

All'improvviso Er Sordone, con un gesto violento, scosta Giulio, togliendogli il telo dalle mani, ricoprendo nuovamente il BMW verde.

«Ora basta! Mi dica che cosa vuole!»

Giulio, avendo ispezionato l'officina in forma strettamente privata e riservata, per non suscitare della diffidenza e delle avversità, cerca di giustificare l'intrusione con una banale scusa.

«Mi interesso di macchine, per l'esattezza di BMW incidentate, da riparare. Questa mi incuriosisce! Posso avere qualche informazione dettagliata in merito? Chi sono i proprietari?»
Essendo questa, un'auto di dubbia provenienza e non trovando nell'immediato un appiglio su cui aggrapparsi, Er Sordone cerca di mantenere celata la parte caliginosa, divagando, pur contraddicendosi.
«Non lo so! Me l'hanno portata qui, affermando che sarebbero ritornati con il perito. Ho cercato di ripulire con della varechina la parte sinistrata, per evidenziare il danno. Comunque non credo che sia disponibile per la vendita. Le consiglio di provare altrove! Se la scordi questa BMW! Verrà sicuramente rottamata!»
Giulio non perdendosi d'animo, facendo leva sul disorientamento del carrozziere, si appiglia all'ultimo elemento rimasto senza risposta.
«Chi è stato a portarla? L'avrà visto santiddio!»
Com'era prevedibile che fosse, Er Sordone è talmente spaesato che si lascia sfuggire qualche particolare di troppo.
«È stata Sirte, una prostituta bionda che batte sulla via Flaminia, dovrebbe abitare in un residence della Balduina.»
Mentre immagina Emanuela aggrapparsi a qualsiasi flebile speranza, per liberarsi dai rapitori in quella BMW, un nodo alla gola si fa sempre più intenso in Giulio, tanto da limitarne il respiro, sforando in un lieve malore, che tenta di prevaricare sul suo stato psicofisico. Infatti se non fosse per la prontezza, con cui si appoggia alla parete con le mani, sarebbe sicuramente caduto.

L'insofferenza di Giulio è al culmine! Nonostante gli indizi siano irrisori, è fermamente deciso a proseguire nelle sue ricerche, pur sapendo di fronteggiare un percorso tortuoso e pericoloso. Non sembra per niente intimorito! L'idea di essere poi tormentato dai rimorsi di coscienza, per non avere dato il meglio di sé, lo distruggerebbe.

Capitolo 2

... *"Come una favola d'altri tempi, qualcuno asserisce che Enrico De Pedis abbia un certo feeling con il Monsignore Pietro Vergari, visto che, ultimamente, sembra che si vedano spesso. A che proposito però? Che ci fa un boss della malavita al cospetto di Monsignor Pietro Vergari? Che siano in combutta con le prostitute? Di questo non mi meraviglierei affatto, visto la predisposizione maniacale del monsignore. No! Non può essere? Che vado a pensare! Allora a che cosa è dovuta questa intimità? Che siano fratelli di sangue? Non può essere visto l'età? Magari Enrico è un vecchio figlio sperduto, avuto con una delle tante storie sessuali con donne sposate? Visto l'età di Enrico, dovrebbe essere stato concepito grazie a una scappatella sessuale negli anni cinquanta, quando ancora Monsignor Pietro Vergari era un seminarista. Se fosse realmente così, allora Enrico ed Emanuela sono fratellastri..."* ...

Giulio Gangi non si dà pace! Vuole venire a capo della matassa al più presto! Rifugiandosi da un amico, in una piccola baita collinare, trascrive tutti gli indizi in un quaderno. S'immerge, in totale silenzio, nelle profondità più estreme delle sue percezioni, per erigere, mattone dopo mattone, la soluzione di un caso, che sembra essere più intricato che mai.

"Devo assolutamente ritrovare Emanuela entro massimo un mese, o non la rivedrò mai più. Questa è la prassi di quelle ragazze rapite, per immetterle nel mercato della prostituzione globale. Vengono narcotizzate, private delle loro generalità, del loro passato. Però qualcosa mi dice che questo, non sia il movente del suo rapimento. Sono convinto che il fine sia ben altro! No! Non credo proprio sia stata rapita per venderla come schiava e prostituta, per soddisfare i capricci dei ricchi della Terra. Se è come penso, chi l'ha rapita ha a cuore la sua vita. Ora, tenendo conto del danno materiale del BMW, sia al finestrino del lato passeggero, sia al parabrezza, non c'è ombra di dubbio che Emanuela possa avere riportato un grave trauma celebrale. Pertanto è ovvio che, dopo le prime prestazioni al Policlinico Gemelli, l'abbiano trasportata in una clinica neurologica segreta ed efficiente, sicuramente con generalità diverse. In quale però? Non c'è tempo da perdere! Sono passati ormai diversi giorni ormai! Che sia il caso che io parli con qualcuno, del reparto di neurologia dell'ospedale? No! È meglio di no! Desterei solo dei sospetti! Poi sono certo che non riuscirei a ricavarne nulla di utile. Tanto è scontato che l'hanno trasferita in Svizzera, sia perché ci sono le migliori cliniche neurologiche, sia perché si ha la possibilità di mantenere l'anonimato, ovviamente pagando grosse cifre. Però chi potrebbe avere tanto interesse per Emanuela, da pagare una certa quantità di denaro, per curarla in una delle migliori cliniche in Svizzera? In merito a ciò, penso già di avere una un'idea. Però, una domanda mi sorge sempre come un ritornello: perché tutto questo? Che cosa c'è dietro questo rapimento camuffato? Di una cosa sono certo, gli esecutori di questo rapimento sono gli stessi di quelli precedenti, visto che le modalità sono identiche. Però sia il movente che i mandanti penso che siano altri. Ad ogni modo, visto che sono ad un passo dal residence della Balduina, direi di passare ugualmente da questa Sirte, anche se so già che non ne ricaverò niente di buono."

In effetti Giulio, seppur abbia già, in linea di massima, le idee chiare, ha ancora diversi punti oscuri da quadrare. Magari con un po' di fortuna potrebbe ricavare qualcosa di utile da questa Sirte. Chissà! Non si sa mai! In genere le prostitute tendono sempre a lasciarsi sfuggire dei dettagli. Infatti, guarda caso, Giulio riesce ad avere una descrizione, seppur sommaria, di colei che ha affidato a Sirte il BMW da portare in officina: portava una parrucca riccia e rossa, era alquanto agitata ed aveva un tono di voce arrogante ed intimidatorio. Sirte era stata contattata poco prima dal suo compagno, o meglio dal suo protettore, dicendo che doveva un favore ad un amico, impartendole poi le dovute disposizioni da seguire, senza discutere e fare domande.

Questi ultimi dettagli offrono a Giulio la conferma di quello che ipotizzava sin dall'inizio. Poi ha già un'idea di chi possa essere quella donna dalla parrucca rossa: è Sabrina Minardi, la quale, oltre ad essere la responsabile del giro di prostituzione, è pure la tenera amante di Enrico De Pedis, il boss secondario della Banda della Magliana. Giulio ha però un altro tarlo che deve assolutamente eliminare.

"Come una favola d'altri tempi, qualcuno asserisce che Enrico De Pedis abbia un certo feeling con il Monsignore Pietro Vergari, visto che, ultimamente, sembra che si vedano spesso. A che proposito però? Che ci fa un boss della malavita al cospetto di Monsignor Pietro Vergari? Che siano in combutta con le prostitute? Di questo non mi meraviglierei affatto, visto la predisposizione maniacale del monsignore. No! Non può essere? Che vado a pensare! Allora a che cosa è dovuta questa intimità? Che siano fratelli di sangue? Non può essere visto l'età? Magari Enrico è un vecchio figlio sperduto, avuto con una delle tante storie sessuali con donne sposate? Visto l'età di Enrico, dovrebbe essere stato concepito grazie a una scappatella sessuale negli anni cinquanta, quando ancora Monsignor Pietro Vergari era un seminarista. Se fosse realmente così, allora Enrico ed Emanuela sono fratellastri. Ah, dimenticavo, Monsignor Pietro Vergari non è pure l'intimo compagno, di vecchia data, del Cardinale Pro-Vicario di Roma Ugo Poletti? Certo che è così! Santiddio, allora si spiega tutto! Le disposizioni a rapire Emanuela sono partite dalla Santa Sede. Ora, tutti i pezzi del mosaico, collimano perfettamente! Questa è l'ennesima conferma che, per curare le gravi lesioni riportate da Emanuela durante il sequestro, l'abbiano certamente ricoverata in qualche clinica neurologica svizzera, con le relative fatture segrete da pagare. In merito a ciò, ci sarebbe

qualcuno che mi potrebbe aiutare: è Claudio Rendina un giornalista scrittore che s'interessa di tutto quello che succede nell'ambito della Santa Sede. Sicuramente saprà darmi qualche indicazione precisa, eventualmente pure un aiuto per reperire le fatture, dal momento che vanta delle conoscenze apprezzabili, che operano nell'ambito della Santa Sede."
Purtroppo però, per Giulio Gangi c'è un ostacolo in agguato: un inaspettato richiamo, dalle alte sfere dell'Intelligence, gli intimano tassativamente di fermarsi e di non proseguire nelle ricerche di Emanuela Orlandi.
Giulio si farà veramente intimidire da queste imposizioni? Certamente no! Non è il tipo da interrompere una ricerca intricata come questa. Anzi lo stimolano ancor di più a proseguire. Se non potrà vantare della collaborazione dei colleghi, è fermamente deciso ad avvalersi, segretamente, delle sue potenziali esperienze.
Però come potrà scampare al monitoraggio dell'Intelligence? Poi in che modo potrà divulgare gli esiti delle sue ricerche, senza essere spiato e ostacolato dal mondo dell'informazione, assoggettato al Potere?
Ormai lo sanno pure i sassi: il mondo dell'informazione è fraudolento. È un mezzo di cui si serve il Potere dominante, per deviare l'attenzione del pubblico dalla verità, con dei falsi paradigmi, consolidando i soliti depistaggi, innescati a monte da certe inchieste ambigue.
Però lo scopo di Giulio non è quello di reperire elementi risolutivi, per darli in pasto ai mass-media e all'opinione pubblica, ma è quello di ritrovare e liberare Emanuela, anche a costo di operare in solitudine e in totale segretezza.

In fondo a che servirebbe divulgare delle informazioni compromettenti ad una collettività sorda, o peggio ancora, incapace di comprendere, essendo sfornita di un raggio visivo che oltrepassa le proprie scarpe. Non gioverebbe a nulla, anzi nuocerebbe alla tenacia di chi si adopera per scoprire la verità, in questo caso al mordente di Giulio a continuare nelle sue indagini.

Nonostante più passi il tempo e le probabilità di ritrovare Emanuela diminuiscano vertiginosamente, Giulio non demorde. Infatti dopo qualche mese riesce a rintracciare lo studio di Neurologia del dottor Bruno in Svizzera, precisamente a Locarno, dove Emanuela fu assistita, per una quindicina di giorni, con generalità diverse, con il nome di Sonia Oester. Poi, dopo un paio di mesi, con un po' di fortuna in più, riesce pure a reperire la nuova località in cui l'avrebbero trasferita, grazie a qualche confidenza riservata, seppur generica, da Don Salvatore, un impiegato, alle dipendenze degli uffici amministrativi del Vaticano.

«Ciao Giulio! Ho solo questo dato! Mi dispiace, ma di più non posso offriti! Il paese dove Emanuela potrebbe essere custodita è Amersham, una cittadina che si trova nella contea di Buckinghamshire, non lontano da Londra.»

Per Giulio è già di per sé una buona confidenza. Provvederà in loco ad avere l'indirizzo esatto. Purtroppo però avrà un'amara sorpresa, dal momento che non riuscirà a rintracciarla subito, poiché nessuno conosce Sonia Oester.

Com'è possibile che nessuno la conosca?

È passato poco meno di due mesi dal suo trasferimento e

Amersham è una cittadina piccola, tranquilla e poco frequentata, possibile che nessuno si sia accorto dell'arrivo di gente straniera?

Giulio, sempre più ostinato che mai, non molla. È deciso di servirsi pure di qualche espediente poco convenzionale, pur di arrivare alla meta. Infatti riesce ad estrapolare da Walter, un agente di Polizia che conobbe in passato, le specifiche sulla dislocazione della casa, in cui giacciono i nuovi arrivati, che figurano svizzeri: una coppia e una figlia sulla sedia a rotelle.

«Caro Giulio, la ragazza che cerchi non si chiama Sonia Oester ma bensì Nicole Kennel, risulta figlia di Patrick Kennel e Marianne Noser. Questi sono gli unici svizzeri traferiti qui a Amersham, sono alloggiati, sulla High street, da circa un mese, in una piccola casa rurale isolata, di pietra, con porte e persiane verdi. La figlia Nicole non si muove dalla sedia a rotelle, porta sempre gli occhiali neri, ma quel che più mi ha incuriosito di lei è il suo atteggiamento spento, il suo sguardo fisso nel vuoto. Dicono che sia stata vittima di una caduta da cavallo, dalla quale avrebbe perso completamente la memoria e che sperano la riprenda al più presto. Una cosa è certa: è gente parecchio riservata! Raramente si muovono per venire in paese. Se puoi pazientare un po' che finisca il mio turno, stasera ti ci porto. Non è così semplice trovare la casa, essendo isolata. Poi, sicuramente avrai bisogno di me, per inscenare una scusa e avvicinarti.»

Purtroppo però sarà un nuovo buco nell'acqua, dal momento che la casa risulterà vuota.

Secondo quanto afferma l'amministratore dell'immobile,

i locatari sono partiti ieri.

Giulio non se l'aspettava proprio! Essere stato a un passo dal rintracciare e liberare Emanuela, per poi lasciarsela portare via da sotto il naso, non riesce proprio a farsene una ragione. I sensi di colpa, per non essere intervenuto due giorni fa o ieri, lo mandano a dir poco in paranoia. La delusione assume l'aspetto di un mantello setoso nero, che tutt'a un tratto lo avvolge, creando attorno a sé un vuoto apocalittico, senza concedergli un benché minimo spiraglio di luce.

Ora che si fa? Che traccia seguire?

"Trovare una pista, per uscire da questo ennesimo pantano, è diventata per me un'impresa alquanto ardua. Non esiste alternativa! Devo trovare il modo di conferire nuovamente con Don Salvatore, sperando che nel frattempo sia riuscito a subodorare qualcos'altro, dagli uffici amministrativi del Vaticano. Sarà pure un'effimera speranza, ma non devo lasciare nulla al caso."

Purtroppo quest'ultima possibilità sarà vanificata, per il fatto che Giulio non potrà più contare sull'appoggio di Don Salvatore, dal momento che, guarda caso, senza un minimo di preavviso è stato dislocato all'estero, in un'altra sede amministrativa.

Poi come se non bastasse, Giulio viene ulteriormente ammonito dai suoi colleghi dell'Intelligence, dal continuare l'azione investigativa nei confronti del rapimento di Emanuela Orlandi, questa volta però in modo perentorio, vanificando così ogni suo proposito.

Si ritirerà veramente o attenderà che si calmino le acque, per aggrapparsi a qualche altro espediente?

Sicuramente non si lascerà intimidire neppure questa volta. Considerando il terreno minato su cui dovrà muoversi, sarà stimolato ancor di più a proseguire nelle ricerche, incurante delle eventuali conseguenze pesanti, alle quali potrebbe andare incontro. Una cosa è certa però: dovrà procedere in totale anonimato e soprattutto non potrà più contare su un eventuale apporto di certi amici e colleghi dell'Intelligence, con cui lavorava, fatta eccezione, di qualche agente fidato, incurante come lui dei reali rischi, in cui potrebbe imbattersi.

Giulio, abbandonandosi a un totale raccoglimento, benché possa sembrare banale, da tutta la vicenda non tralascia nessun elemento. Le sue riflessioni, come fossero provvisti di una trivella, cercano di arrivare a toccare le viscere di ogni singolo dettaglio e interrogativo.

"Ora come ora, non mi rimane altro da fare che partire da due figure strategiche: Enrico De Pedis e Mehmet Alì Agca. Seppur, a prima vista, possano sembrare insignificanti ed equivoche, costituiscono invece gli unici canali, ancora attivi su cui addentrarmi, per uscire da questo labirinto, nel quale mi sono conficcato. Ora, per quel concerne Enrico De Pedis, nonostante le mie perplessità iniziali, non ho alcun dubbio che sia figlio naturale di Monsignor Pietro Vergari, il quale, a sua volta, sia il compagno intimo del Cardinale Pro-Vicario di Roma Ugo Poletti, una figura di rilievo nell'ambito del Vaticano. In sintesi, partendo da una figura sporca ed irrilevante, come Enrico De Pedis, potrò permettermi di arrivare fino a un cardinale di prestigio. Quale occasione migliore mi potrebbe mai capitare, per riuscire ad estorcere qualche particolare celato, nell'ambiente della Santa Sede? Poi tramite Mehmet Alì Agca invece potrei, con un po' di fortuna, mettermi in contatto con certe figure terroristiche al servizio dell'Intelligence, per riuscire poi impossessarmi di qualche altro segreto in più. Non c'è altro da aggiungere, devo trovare il modo di agganciare al più presto Enrico De Pedis e Mehmet Alì Agca, per convincerli poi a lavorare per me. In fondo abbiamo un desiderio comune: provare a scardinare quella cassaforte dei segreti sul rapimento di Emanuela, che tanto ci sta a cuore.

Capitolo 3

... *«Se ti può consolare Pietro, ora Emanuela, dopo averle cambiato diversi alloggi e generalità, si trova ormai da un anno, sorvegliata a vista, sempre nei pressi di Londra. È costretta a muoversi su una sedia a rotelle. Psicologicamente parlando sembrerebbe affetta da un'amnesia piuttosto compromessa. Meglio così! Questo fattore non può che giocare a favore di tutti noi. Non credi? Ad ogni modo, per stare tranquilli, in tutta segretezza, le stanno effettuando un trattamento farmacologico che contribuirà notevolmente a farle perdere la memoria, per sempre...»* ...

È sabato quindici settembre 1984, il Pro-Vicario di Roma Ugo Poletti non nasconde la sua apprensione al Monsignor Pietro Vergari, allorquando gli confiderà l'esito dell'incontro, di due giorni fa, con il Cardinal Paul Casimir Marcinkus.
«Caro Pietro, il rischio che il nostro Enrico venga divorato dai cani rabbiosi è altissimo. La sua vita è veramente legata ad un filo! Confidano in noi, per dissuaderlo dal cercare Emanuela e dal continuare ad avere rapporti con

Mehmet Alì Agca e i Lupi Grigi. In merito a ciò, Marcinkus è stato chiaro ed esplicito: "... è già pronto un piano per la sua esecuzione, se non dovesse stare al suo posto ...". Lo stesso vale per te, Pietro: da questo momento devi scordarti la vicenda intercorsa sul rapimento di Emanuela e ignorare qualsiasi elemento che possa condurre a lei. Pertanto, d'ora in avanti, non chiedermi più niente su di lei. La riservatezza di Emanuela verrà sicuramente affidata all'Intelligence Tedesca, visto il futuro coinvolgimento di quei terroristi, i Lupi Grigi.

Pietro parecchio frastornato, per queste nuove disposizioni stabilite dal Cardinal Paul Marcinkus, vorrebbe avere delle delucidazioni in più a riguardo, visto le continue pressioni di suo figlio naturale Enrico De Pedis, per estorcere dei dettagli riguardo la sua sorellastra Emanuela.

«Se ho ben capito, tu mi stai chiedendo di ignorare qualsiasi elemento che riguarda il rapimento di Emanuela? Mi stai intimando di dimenticare tutto insomma! Allora come dovrò comportarmi con le continue esortazioni di Enrico? Che gli devo raccontare? Che deve starsene buono e tranquillo, se non vuol fare la fine del sorcio? Ormai conosco bene Enrico e so per certo che non riuscirà ad ingoiare queste intimidazioni. Ricordi? Ci ha pure minacciato scagliandoci delle pietre addosso, quando stavamo in auto ad attendere, mentre prelevava Emanuela dalla discarica. Te lo ricordi? C'è il rischio pure che mi minacci, puntandomi addosso la pistola. Ugo Credimi Enrico è talmente fuori di senno che farebbe saltare il Cupolone, se ne avesse le possibilità.»

Ugo Poletti parecchio infastidito da questa ingiustificata

apprensione di Pietro Vergari, insiste con le sue intimidazioni, senza offrire nessun suggerimento.

«Ricattalo! Fagli capire che, se veramente tiene alla vita di Emanuela, deve starsene buono e tranquillo. Soprattutto digli di smettere di recarsi al carcere, per incontrare Alì Agca, per sperare di trafugare, tramite i Lupi Grigi, delle informazioni riservate dall'Intelligence tedesca.»

Per Pietro Vergari si prefigge un incarico non da poco conto, per il semplice fatto che non possiede né la forza né il coraggio per attuarlo.

Infatti come potrebbe imporsi all'alterigia e alla collera di Enrico?

Chiaramente sa benissimo di non potercela fare, ma il timore che Enrico possa venire ucciso assieme ad Emanuela, lo induce a non demordere e soprattutto ad essere convincente al cospetto di Ugo Poletti.

«Hai ragione Ugo! Enrico ha superato davvero il limite, ti prometto che sarò inflessibile con lui. Fidati!»

Ora, sarà per spirito consolatorio, sarà per spirito passionale, Ugo Poletti non si trattiene dall'abbracciare affettuosamente Pietro Vergari, con un ardente bacio sulle sue labbra, offrendo un ulteriore brio a quel loro fuoco di intimità di coppia antico, sempre più attivo che mai.

«Pietro mio, sono passati più di trent'anni ormai e questa fiaccola di passione che provo per te, continua a farmi vibrare il cuore come un tempo. Pure a te fa ancora lo stesso effetto? Vero? Fu quel tuo sguardo angelico a innescare questo ardore indomabile che provo per te. Nonostante tu sia un bricconcello, continuerò a starti vicino. Non lo dimenticare mai! Sei il mio compagno per la vita!»

Inutile dirlo, la commozione ha preso il sopravvento. Ugo Poletti asciugandosi le lacrime, inaspettatamente, non si esime, nonostante la segretezza, di rivelare a Pietro Vergari le ultime novità, relative all'incontro con il Cardinal Marcinkus.

«Io non ti ho mai nascosto nulla Pietro. Riguardo a come è gestito il Mondo, iniziai ad aprirti gli occhi già da quando eri ancora un ragazzo seminarista. Ricordi? Comunque, a breve, dovrò partecipare, con Marcinkus e alcuni dei vertici della Santa Sede, a una riunione nei sotterranei con la Grande Massoneria Mondiale, quelli che contano, quelli della grande finanza occulta, i faccendieri, le mafie, i narcotrafficanti, l'Intelligence di mezzo mondo, la CIA, il Potere Occulto insomma, per discutere di Banche Mondiali, compreso l'affare sul fallimento del Banco Ambrosiano. Poi, non mancheranno di certo proposte, su come organizzare un nuovo assetto politico in Sud America, per consolidare degli ulteriori traffici importati, oltre a quelli di esseri umani, di cocaina e armi.»

Di tutti questi dettagli fin qui descritti a Pietro Vergari poco importano, dal momento che viene sopraffatto continuamente dall'apprensione, per la vita di Emanuela ed Enrico. Ovviamente questa sua angoscia prorompente non passa inosservato a Ugo Poletti, che, prontamente, non si esime dal tranquillizzarlo, offrendogli delle certezze.

«Stai sereno Pietro! Per quel che concerne la vicenda di Emanuela, non mancheremo certo di conferire, seppur in forma strettamente riservata, con i nostri Servizi Segreti,

quelli Tedeschi e pure con la CIA, coordinando una strategia comune, per toglierci questo benedetto sassolino della scarpa, che tanto ci infastidisce».
Queste comunicazioni così generiche di Ugo Poletti, potranno mai soddisfare quell'apprensione ossessiva di Pietro Vergari?
Infatti, non ci riescono, dal momento che non viene ancora menzionato il destino di Enrico e Emanuela, costringendolo a mandarlo in paranoia.
«Santiddio! Non hai ancora risposto alla mia domanda! I miei figli come ne usciranno da tutta questa storia?»
Ugo Poletti, con un sorriso spiccatamente sornione, tenta di smorzare quell'inquietudine incombente di Pietro Vergari, abbracciandolo nuovamente e continuando a baciarlo.
«Pietro come puoi dubitare di me? Sono o non sono il tuo compagno? Fidati di me! Nessuno desidera la morte dei tuoi figli naturali! Per quel che riguarda Emanuela però, è d'obbligo, oltre a garantire per sempre il suo anonimato, assicurarsi che non possa nuocere alla rispettabilità della Santa Chiesa».
Scostandosi bruscamente, l'ansia di Pietro Vergari diventa talmente ingovernabile, da tappare la bocca a Ugo Poletti, per esigere chiarezza.
«Basta! Basta! Sono stufo di questo teatrino Ugo! Nonostante io ti abbia esposto delle richieste specifiche, ti mostri sempre evasivo. Ora ti chiedo, per l'ennesima volta: dal momento che a Emanuela le verrà assegnato una nuova identità e questa volta definitiva, io potrò rivederla? Che ne sarà di lei? Posso sapere dove si trova ora? Esigo

delle risposte chiare e risolutive! Poi esigo avere ulteriori chiarezze sul destino di Enrico.»

A fronte di queste provocazioni, sempre più incalzanti di Pietro Vergari, non è certamente un caso, se quell'atmosfera, da sdolcinata che era, improvvisamente si colori di grigio fumo, innescando in Ugo Poletti, un atteggiamento più freddo e più distaccato.

«Pietro finiscila! Non ti basta sapere che Emanuela sia ancora viva e che non le verrà torto un capello? Purtroppo però dovrai fartene una ragione! Come ho appena accennato, la nuova identità che le verrà assegnata, questa volta sarà a vita. Dovrà risultare scomparsa, o meglio, morta per sempre. Ora ti è chiaro il concetto?»

Senza dare il tempo a Pietro Vergari di riprendersi dalla batosta e di ribattere, Ugo Poletti prosegue nelle sue comunicazioni.

«L'aspetto mediatico, con cui è stato portato avanti il caso sulla sparizione di Emanuela, potrebbe interferire gravemente con certe figure ecclesiastiche, fra cui me medesimo, ed è un rischio che la Santa Sede non può permettersi, visto la sua collocazione strategica, nello scenario affaristico occulto mondiale. Ripeto nuovamente! La Santa Chiesa, essendo portatrice della parola di Cristo, non può assolutamente affievolire quella sua luce pura di immacolata benevola, al cospetto del mondo intero, poiché le permette di essere il garante della legalità. Come ti ho sempre spiegato Pietro, la Santa Sede è in grado di rendere candido ed accettabile, al mondo intero, qualsiasi grande affare, cosiddetto sporco, in cambio di una "fetta della torta, che il Potere Occulto mette in atto dai sotterranei,". Questo è il vero "Mondo" Pietro, a cui tutti, volente o nolente, devono sottostare. Ormai dovresti saperlo bene, visto che te ne parlai quando ancora eri seminarista. Comunque, riguardo a Emanuela, ho una grossa responsabilità, alla quale devo assolutamente sottostare. Non posso assolutamente sgarrare!».

Dispiaciuto per essersi lasciato trascinare, per un attimo dalla suscettibilità, Ugo Poletti cerca di rimediare esprimendo nuovamente affetto a Pietro Vergari; questa volta però, lasciandosi sfuggire qualche indicazione di troppo e di fondamentale importanza.

«Se ti può consolare Pietro, ora Emanuela, dopo averle cambiato diversi alloggi e generalità, si trova ormai da un anno, sorvegliata a vista, sempre nei pressi di Londra. È costretta a muoversi su una sedia a rotelle. Psicologicamente parlando sembrerebbe affetta da un'amnesia piuttosto compromessa. Meglio così! Questo fattore non può che giocare a favore di tutti noi. Non credi? Ad ogni modo, per stare tranquilli, in tutta segretezza, le stanno effettuando un trattamento farmacologico che contribuirà notevolmente a farle perdere la memoria, per sempre. Marcinkus mi ha pure riferito che ha già un'idea da proporre, per la sua destinazione finale, per quando si sarà ristabilita definitivamente: è il Cile, o meglio la Comunità Carmen Arriaràn. È convinto che avere a che fare con i bambini orfani, le potrebbe offrire uno scopo per la sua vita futura, per il suo nuovo mondo, sotto tutti gli aspetti. Vedrai si prenderanno cura di lei! Avrà modo di deliziarsi vicino a quegli orfanelli! Questo non ti rende felice, Pietro? Lo so che desidereresti rivederla, come del resto pure tuo figlio Enrico. Ma non sarà più possibile! Poi a che servirebbe? Non ricorderà più nulla del suo passato! Vi vedrebbe tutti come sconosciuti! Ora cerca di capire una buona volta Pietro! Devi assolutamente dissuadere Enrico dal continuare a cercarla, o per lui sarà morte certa. Credimi! La sua vita è appesa a un filo! Ricordaglielo!».

È ovvio, Ugo Poletti, essendo il compagno intimo di Pietro Vergari, ormai da oltre trent'anni, come avrebbe potuto tenerlo all'oscuro, su tutto ciò che hanno deciso, nei sotterranei della Santa Sede, riguardo alle sorti di Emanuela ed Enrico?

Negare, al suo compagno certe informazioni, seppur segrete, lo farebbe sprofondare nei sensi colpa. D'altronde, il loro antico legame affettivo e passionale non ha mai dato segni di crisi, nonostante le scandalose vicende sessuali di Pietro Vergari i, con le relative controversie, di cui Ugo Poletti, puntualmente, non ha mai esitato a farsene carico, togliendolo sempre dai guai.

Capitolo 4

«... *Dobbiamo premunirci immediatamente di un alibi solido per la Santa Sede, da non lasciare nulla di intentato. Ricordati Ugo, fra due settimane, per l'esattezza mercoledì ventisei, abbiamo un incontro della massima segretezza, con quelli che contano, con i più grandi faccendieri del mondo, il Potere Economico Occulto, le grandi mafie, i narcotrafficanti sudamericani, assieme all'intelligence di mezzo Mondo e la CIA. Comunque avrò modo di approfittare di questo incontro, per esporre questa seccatura ai nostri Sevizi Segreti e all'Intelligence tedesca. Dopotutto mi devono dei favori, per degli affari di una certa rilevanza chiusi in Sud America, e devono per forza ascoltarmi ed adempiere alle mie necessità. Ho già una strategia in mano da proporre, per mettere fine, una volta per tutte, a queste questioni ancora aperte. Emanuela Orlandi avrà salva la vita! Te lo prometto Ugo! Ma non ti garantisco nulla per Enrico De Pedis, poiché la sua salvezza è legata a un filo.»*

In occasione di quell'incontro della massima segretezza, dello scorso mercoledì ventisei settembre 1984, con quelli che contano, ovvero, con i più grandi faccendieri del mondo, le mafie, i narcotrafficanti sudamericani, assieme all'Intelligence di mezzo Mondo e la CIA, per trattare dei grandi affari mondiali, in particolare quelli del Sud America, il Cardinal Paul Casimir Marcinkus, non si pone dei problemi a ridiscutere di quell'impiccio del rapimento di Emanuela Orlandi. Infatti, come aveva già illustrato al Pro-Vicario di Roma Ugo Poletti, propone un nuovo espediente da ottemperare ai Servizi Segreti, in particolar modo con il Sisde e l'Intelligence tedesca, ovvero quello di costringere il gruppo terroristico dei Lupi Grigi, ad inscenare un ricatto contro il Vaticano, in cui si chiederebbe la scarcerazione di Mehmet Alì Agca, in cambio della liberazione di Emanuela, con lo scopo, come è stato già menzionato nei capitoli precedenti, di scansare eventuali sospetti, verso la Santa Sede.

Come pianificato quindi, già il venti novembre 1984, i Lupi Grigi dichiarano di custodire nelle loro mani tanto Emanuela Orlandi, quanto la sua coetanea romana, Mirella Gregori, per la loro liberazione, chiedono, oltre un adeguato riscatto, pure la scarcerazione di Mehmet Alì Agca.

Diversi mesi dopo però, esaurendosi la probabilità che possano emergere dei sospetti verso il Vaticano, questa sceneggiata, verrà sconfessata, sempre dall'Intelligence tedesca, servendosi di un ex ufficiale della Stasi.

Ormai è chiaro, quel gruppo terroristico e mercenario dei

Lupi Grigi, sono ingaggiati segretamente dall'Intelligence tedesca, con il solito cospicuo compenso. Essi ne sono assoggettati completamente, rimanendo così fuori dalla portata di Alì Agca, che rimane isolato più che mai.

Infatti, nonostante lui possa ancora contare su un suo grande amico, che ancora milita nel suddetto movimento, non potrà più permettersi di attingere ad informazioni riservate e compromettenti, vanificando pure quella fuga di notizie riservate e fondamentali a Enrico De Pedis per ritrovare Emanuela.

Ora, benché il piano ordito dal Cardinal Marcinkus, con la complicità dell'Intelligence tedesca, che prevedeva l'interruzione di quel canale che da Alì Agca arrivava ad Enrico De Pedis, sia andato a buon fine, rimane ancora un altro punto debole da salvaguardare, ovvero, quello relativo al Monsignor Pietro Vergari.

Che hanno deciso su di lui?

Che sia una mina vagante, nessuno lo mette in dubbio, dato che, oltre a conoscere perfettamente ogni dettaglio sul rapimento di Emanuela, è pure in possesso degli ultimi sviluppi che Ugo Poletti gli ha confidato.

Per quale motivo però gli ha svelato delle notizie così riservate, conoscendo la sua inaffidabilità?

È logico: nonostante Ugo Poletti si mostri inflessibile sulla riservatezza da adottare verso Enrico, in realtà, nel suo inconscio, si auspica l'incontrario, solamente per smorzare quell'apprensione dirompente del suo amato Pietro Vergari.

In fondo, se questa informazione segreta arrivasse pure a suo figlio Enrico, che possibilità avrebbe poi, a sua volta, di sfruttarla, per rivedere Emanuela?

Nessuna! Non avrebbe neppure la possibilità di diffondere queste notizie riservate, dal momento, che, oltre a non essere credibile dall'opinione pubblica, dovrebbe pure giustificare ai suoi collaboratori e soprattutto a chi è sopra di lui, Gaspare Bellino, l'esistenza di Emanuela, creduta morta, con il serio rischio di una ritorsione cruenta nei suoi riguardi.

Ora tornando a Emanuela, che ne sarà della sua vita?

Emanuela sta per essere trasferita alla sua destinazione finale, ovvero alla comunità Carmen Arriaràn, in Cile.

Si dà il caso però che, essendo stata privata, in modo permanente, della sua memoria, sia costretta per sempre a rigettare il suo passato, con una nuova identità anagrafica. Riguardo poi al suo stato psicologico, Ugo Poletti, ricalcando le ammonizioni di Marcinkus, è stato chiaro con Pietro Vergari: "... per il suo bene, non si deve in alcun modo intralciare la nuova vita che lei si presterà a vivere in quella comunità".

Emanuela sta effettivamente iniziando a vivere una nuova vita, un nuovo mondo come un'orfana, con un nuovo nome e cognome cileno. Gli psichiatri dell'Intelligence tedesca, italiana, in collaborazione con la CIA, con l'ausilio di trattamenti specifici, le hanno sigillato per sempre il suo passato: "Ti chiami . . . Sei figlia di . . . morti in un incidente quando ancora eri piccola. Hai sempre vissuto in questa comunità, prima che ti rapissero. Ti abbiamo ritrovata in coma e ti abbiamo aiutata a ricordare. Diffida dagli stranieri . . .". Poi, come se non bastasse, è stata riabilitata a ricordarsi la lingua di origine: lo spagnolo. Scusate!

Forse è più appropriato dire che è stata forzatamente indotta ad imparare una nuova lingua.
L'hanno obbligata a credere che sia sempre vissuta nella suddetta comunità, poi rapita, portata all'estero ed infine ritrovata.
Un particolare curioso è che, nonostante le abbiano cambiato pure la fisionomia del viso, quando fissa le profondità di quei suoi occhi sullo specchio, avverta una strana sensazione, accompagnata da una melodia amara come il fiele, appena percettibile, ma sempre pronta a risalire, non appena riesca a liberarsi dallo scrigno, di quell'abisso del suo spirito, in cui è segregata. È troppo tenue il suono, per identificarne l'origine, ma abbastanza per generare una sensazione di incertezza, provocandole spesso una profonda malinconia.
Le suore assicurano Emanuela, sostenendo che, queste sue forti sensazioni, non siano altro che il richiamo di Cristo, ad essere sua sposa, o meglio, ad intraprendere la vocazione religiosa, come monaca. In fondo a lei rimane solo quello che le hanno trasfuso, ovvero, una memoria preparata a pennello, del tipo: prima di essere rapita ... poi liberata dalle mani dei rapitori ... mentre era priva di sensi ... è sempre vissuta in quell'orfanotrofio.
Le hanno pure trasmesso la fobia degli estranei, verso i quali possiede ora, un'estrema diffidenza.
A fronte di tutto questo, che speranza potrebbero mai avere coloro che, con tanta assiduità, stanno muovendo mare e monti, come in questo caso il fratellastro Enrico Da Pedis e l'amico di famiglia di casa Orlandi, Giulio Gangi del SISDE, per cercarla e riportarla a casa?

Non avrebbero nessuna possibilità!

Con la dittatura vigente di Pinochet, di questi anni ottanta, nessuno potrebbe permettersi di scorrazzare per il Cile senza degli speciali permessi. Poi, Emanuela, essendo sorvegliata a vista, a loro non sarebbe permesso neppure di osservarla a distanza.

Ammettendo l'ipotesi assurda che possano, in qualche modo, dialogare con lei, come riuscirebbero poi convincerla della sua vera identità?

Non basterebbero certo delle foto del suo passato, per farla uscire da quella sua totale amnesia, essendo abituata a vedersi in un volto nuovo.

Se da un lato l'idea, di non potere più rivedere Emanuela, suscita in Enrico tanta inquietudine, dall'altro Giulio ammette il suo fallimento, per non avere fermato in tempo l'irreparabile.

D'altronde Giulio conosce bene la procedura dell'Intelligence, in particolar modo quella della CIA, per fare scomparire per sempre le persone: tramite trattamenti specifici al cervello, rimuovono irrimediabilmente il passato, costringendole a vivere per sempre una nuova identità, con sembianze fisiche nuove. D'altronde pure certe personalità famose e Capi di Stato del passato, per simulare la loro morte, hanno dovuto mettere in atto tale trattamento.

Il caso di Emanuela Orlandi, la sua storia, costituiva veramente una mina vagante, un tarlo divenuto talmente ingestibile e pericoloso, da estirpare ad ogni costo: avrebbe compromesso la grande reputazione della Santa Chiesa, colei che possiede il dono di rendere immacolato e puro qualsiasi affare sporco o macchinazione mondiale, pianificata da quel Potere Economico Occulto, che domina il Mondo.

A Giulio Gangi, a fronte di quelle innumerevoli richieste ai colleghi dell'Intelligence, per verificare di persona lo stato esistenziale di Emanuela, dopo circa quattro anni gli verrà concesso, segretamente, l'opportunità solo di rivederla ad adeguata distanza e a certe condizioni restrittive imprescindibili, fra cui quelle sul massimo riserbo.

Enrico De Pedis, invece, non riuscendo ad accettare l'idea impostogli di abbandonare per sempre l'idea di cercare Emanuela e non riuscendo a quietare quel suo spirito ribelle, indurranno quei personaggi influenti della Santa Sede a mettere in atto il piano, già stabilito precedentemente, per la sua eliminazione, rendendo così vane le suppliche di Monsignor Pietro Vergari a risparmiargli la vita.

Enrico De Pedis verrà assassinato il due febbraio 1990 dai suoi stessi collaboratori, su direttiva di chi stava sopra di lui, Gaspare Bellino.

Che ne sarà infine di Emanuela?

Nonostante le sue nuove generalità inoppugnabili e la sua ineccepibile devozione religiosa di suora, è sempre catturata, inconsciamente, da quella effimera melodia aspra e misteriosa, appena percepibile: un canto che attende un'altra vita o un altro mondo, per potere finalmente erompere completamente dall'abisso del suo spirito, dal guscio in cui si trova imprigionato, con tutto il suo carico di emozioni antiche, vissute, che sono le vere fondamenta della sua vera identità.

Sommario

Anteprima 7

Prima parte

Capitolo 1.. 13

Capitolo 2.. 19

Capitolo 3.. 24

Capitolo 4.. 30

Capitolo 5.. 33

Capitolo 6.. 42

Capitolo 7.. 46

Capitolo 8.. 54

Capitolo 9.. 61

Capitolo 10.. 71

Seconda parte

Capitolo 1.. 79

Capitolo 2.. 94

Capitolo 3.. 114

Capitolo 4.. 119

Capitolo 5.. 127

Terza parte

Capitolo 1 137
Capitolo 2 142
Capitolo 3 156
Capitolo 4 164
Capitolo 5 168
Capitolo 6 172

Quarta parte

Capitolo 1 185
Capitolo 2 190
Capitolo 3 200
Capitolo 4 208

Milton Keynes UK
Ingram Content Group UK Ltd.
UKHW050427280324
440101UK00016B/969